# 笔下生花

## 和少年朋友谈写作

韩蓁 著

四川少年儿童出版社

# 目 录

## 关于写作态度 / 1
平和心态，快乐写作 / 2
在脚下挖口井 / 7

## 关于童话 / 11
我如何写起童话来 / 12
走出一条自己的路 / 15
成功还是失败 / 20

## 关于散文 / 27
一种最好写而又最难写的文体 / 28
有感于散文的表达 / 33
写得质朴些，浅显些 / 35

## 关于小说 / 041
从小乞丐到"铁宝罗" / 42
人和动物的情感演绎 / 46
在故事中造人物 / 51
为人物找故事 / 56
场面的铺排 / 61
细节决定成败 / 67
真实：写作中最不可缺失的元素 / 72

仔细看，认真想 / 78

自然环境描写与人物形象塑造 / 83

简单的故事，曲折的情节 / 87

让人物活起来 / 91

把文章写得深刻一些 / 94

悬念，让"领奖者"的故事更精彩 / 99

小说，因地域特色而生动 / 104

"意料之外"与"情理之中" / 109

用灰鸽的目光去看人间事 / 115

从"小鱼篓子"到少年英雄 / 120

快乐的故事，沉甸甸的幽默 / 125

给故事一点儿神奇色彩 / 130

渲染与造势 / 136

明线与暗线 / 142

附录：韩蓁作品《我和女儿，还有一只小狗》/ 150

# 关于写作态度

# 平和心态，快乐写作

常常有少年朋友写信或打电话来询问有关写作方面的事，问题之多，范围之广，真令人有些眼花缭乱，无从回答。但认真一分析，又不外乎是两方面的，一是写作态度方面，二是写作技巧。我曾经从事过二十多年的中小学语文教学工作，又写过几百万字的文学作品，还编纂了上千万字的中、小学生课外阅读书籍，教学和写作方面的酸甜苦辣我都深深地领略过、体味过。因此，我想就少年朋友提出的一些问题，结合我自己的实践，谈谈我个人的意见，供朋友们写作时参考。

有少年朋友这么问我："你写那么长的文章，写那么厚的书，开始时你究竟怕不怕呀？"

我怎么回答呢？我说，怕，但也不怕。那位少年朋友笑了。我知道他笑什么，我就告诉他，我说的是大实话，这不矛盾。

当我要写一篇散文、一则短篇小说或一部长篇童话时，开初也有些怕，怕写不好，怕半途而废，怕写了出不了书……但只要一落笔写下去，就渐渐不怕了，越写越有信心，非得把这文章写完写好。少年朋友们写作文也是这样吧，面对一道作文题，先是怕，接下来就是不管怕不怕，只得写。就是再不熟悉的题目，再不想写的题目，也只好硬着头皮写下去。因为那些题目一般很难随意改动，要么是训练题，须得你做那方面的训练；要么是考试题，检测你那方面的能力。你能

## 关于写作态度

说："老师，我怕做这个题目，你给改一改吧？"当然不能。

由此看来，少年朋友们比起作家来似乎还要艰难还要缺乏自由。作家可以不写这篇小说，不挣这笔稿酬，但学生不能说，我不做这次训练，不参加这场考试，不要这个分。殊不知作家们也有非常头疼恼火的时候，一旦遇上编辑约稿、催稿，甚至限定了交稿时间，那往往就会像少年朋友们遭遇考试那样硬着头皮写下去，弄到废寝忘食、通宵达旦了。在三十多年的写作生涯中，我也被"催""逼"过好多次，那时候也只得横下一条心，熬更打夜地把文稿写好寄出去。前些年，我又碰上了这样一件事，一个晚报的编辑老师打来个电话，要我在第二天下午下班之前，写一篇有关川西民俗方面的散文，他说报纸着急用，连版面都留好了。我难以推托，只得应承下来。说实话，我当时也怕，心里也没有底，文章不算短，五六千字；时间紧，只有一天；质量不能马虎，要见几十万读者……但是，我已别无选择，只得挥笔写下去。那种心境也与少年朋友们做作文试题差不多。题目和内容已经铁定了，无法更改，时间又限制得很紧，连犹豫和畏惧的工夫都没有了。直到把文章写出改好发出去，我才算轻松起来。

我想少年朋友们也该这样，面对作文题目，不管是练过的还是没练过的，熟悉的还是不熟悉的，难度大的还是难度小的……都应该横下一条心，不怕，写下去，写好它。既然作文题目不能因你的好恶而改变，没有退路了，怕也无益。大着胆儿跨过这道门槛，写下去，前面还有着希望的阳光呢！

有句话是这么说的："困难像弹簧，看你强不强。你强它就软，你软它就强。"对待作文也是如此，你怕写，你就不敢写，你就会一辈子都写不好；你不怕写，就敢于写下去，天长日久，你就会有长足的进步。

克服惧怕畏难的心理障碍，用轻松、平和与执著的心态去面对作文，快快乐乐地下笔，这是写好作文的第一步，也是至关重要的一步。

前不久，有两个语文老师向我抱怨："眼下的语文太难教了，尤其是写作。认真点儿的学生呢，还要动动脑子想一想，写点儿自己的东西；不认真的学生就难说了，不是去抄作文书，剽窃别人的习作，就是东拼西凑地搞版块组合，叫你弄不清楚到底是抄别人的还是他自己创作的。"

也有少年朋友悄悄对我分享他们的"写作经验"："作文有啥难的嘛，作文书那么多，所有的题材、体裁都有，各种类型的背熟两三篇，作文时默写出来就行了，花那么多力气干啥呢！再说，我们老师有时候还要帮我们搞'预制板'，助我们渡难关呢！"

还有个初中生不无得意地对我透漏说："网上还有好多好多作文样板，要想写啥作文，鼠标一点，困难全免，啥作文一搜就出来了。"他的好多篇习作都是那么"写"出来的，有的还得了奖收进了作文书……

老师的抱怨与学生的得意，使我的心情既苦涩又无奈。我想起那成堆成摞的作文书，想起了那神通广大而又令人迷幻的互联网……少年朋友们可走的捷径确实太多太多，但是这种捷径我们实在不能也不应该走。走那样的捷径等于投机取巧，自寻死路，对于少年朋友们的健康成长和知识积累都是有百害而无一利的。作文是老老实实的事，要讲诚信诚恳，你去抄别人的，剽窃别人的劳动成果，无异于成了写作上的"小偷""盗贼"，你还怎么谈得上有当代少年的优秀品质呢？作家们都有一个信条，要作文，先做人，文如其人，人品重于文品。一个品质不好素质不高的作家能写出什么好作品呢？少年朋友们也应该这样，老老实实做文，诚诚恳恳做人。如果我们从小就惯坏了手脚，长大之后如何面对社会呢？最近我在报上看到这样一则消息：一个曾经写过几本畅销书，并且已有一定知名度的青年作家因为剽窃别人的作品被送上被告席，闹到赔款和公开赔礼道歉的地步，这不是自毁前途么！真真可惜了这个青年作家的才华。我不知道他小时候学写作文时是否走过不该走的捷径。

写作是一种运用最广泛的基本工具，无论社会的哪个层面都离不开它。少年朋友们一旦长大了走向社会，你就会感觉到写作的重要了。"书到用时方恨少"，临时抱佛脚是行不通的。那时候需要真刀、真枪、真本事，就没有什么"板块组合""预制构件"和"鼠标一点，困难全免"了，老师也不可能再搞"预制板"助你一臂之力了。在我教过的好些学生中，他们在练习写作时就不去寻找捷径，而是一步一个脚印地练基本功，在初、高中阶段就夯实了写作基础。当他们走上社会后，工作起来就比较轻松自如，得心应手了。有个姓王的同学，家住山区，家里很贫困，父母都是一字不识的庄稼人。他每天上学来回要走十几里，还要过一道河。他的脑子也并不比别人聪明，但他的成绩出奇地好。他每次考试总在前三名，读初中时就能写出两千来字的作文，高中阶段就开始创作散文和小说，毕业后考了个理想的学校。他的秘诀就是：诚实和勤奋。他写作文从来不去抄作文书，当时也无作文书可抄；老师也不搞"预制板"，而只把作文技巧和要领教给学生，再指导学生修改。每篇作文他都要练几次、改几次，直到自己满意、老师认可为止。毕业时，他送了我一件特殊的礼物作为留念，一个用公文纸抄摘的厚达三百多页的摘录本，其内容是包括古今中外文学名著中的佳段佳句，按门类分条目汇集成册，总字数近十二万字。这是他在六年中学阶段利用课余时间边读书边摘抄的，犹如一本厚重的文学佳句辞典。这需要有多大的决心和毅力啊！

勤能补拙，这就是他长期保持优异成绩的原因。

"书山有路勤为径，学海无涯苦作舟。"希望少年朋友们多在"勤""苦"二字上做文章，少去或不去寻找那些捷径，夯实基础，写好作文是大有希望的。

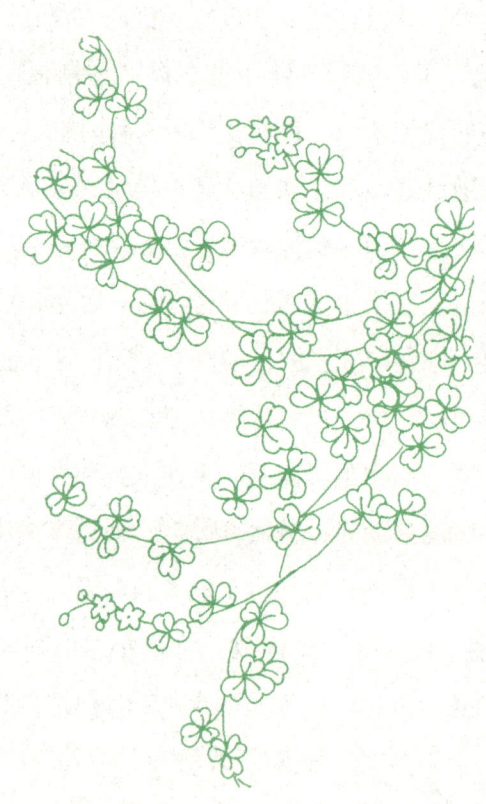

## 在脚下挖口井

我的写作生涯是从短小的通讯报道开始的。20世纪60年代初，我担任了团省委主办的少儿月刊《红领巾》杂志的通讯员，每月需向编辑部提供一篇通讯稿或一篇情况反映。我在完成这一任务的同时，也试着写一些文艺性的稿件，但都没有成功。除了有两篇情况反映刊印在杂志办的内部通讯上之外，别的稿件都石沉大海。我当时犯了个写作大忌，这也是许多初学写作者共同的毛病：眼高手低，贪大求长。我写诗、写小说、写故事，甚至写剧本……几乎囊括了文学的各类体裁。经过几年的摸爬滚打，屡败屡战，终于有文字在正式刊物上发表。这对于我和同事们都算是一件激动而有趣的事。我曾经写过一篇《吃稿费》的短文记述这件事。这之后，我便从短小东西入手，写一些通讯、小特写、小演唱，小剧本，隔三岔五地发表在《红领巾》《儿童时代》和《中国少年报》上。那时文艺刊物很少，儿童文学刊物全国也只有两三家，报纸的文艺副刊版面也极其有限。如果不是名家，要发作品真的太难太难。我虽然小有收获，但离文学和写作还差得太远。

直到1982年春夏之交，我参加了西北西南片儿童文学讲习班培训，见到老一辈儿童文学家陈伯吹、叶君健和著名作家萧平、洪汛涛、任溶溶、葛翠琳等，我的创作才有了转折，开始走上自由的符合文学规律的创作之路。他们对我说："要写熟悉的东西，要写真情实感,要表现人性中的美好东西。"他们告诉我:"每人脚下都有一口井,这是一口取之不竭用之不完的井,好好发掘定能有所收获。"他们为我的创作把脉,根据我的职业和所处地域,建议我写儿童(少年)文学,并且就写川西,表现川西风土人情和地域特色。他们举了个浅显而又生动的例子说,你到北京、上海卖沙发、床垫肯定卖不过当地人,但你到那里卖筐筐箩箩,他们就卖不过你了……我心胸豁然开朗,创作路子也突然拓宽了。

这以后,我便立脚川西,认真地在脚下的深井里探矿淘宝。我总算从死胡同里走出来了,成了儿童文学界认可的"小镇作家"或"川西作家"。陈伯吹先生称我是"儿童文学大花园中一支怒放的黑牡丹";文学评论家曾镇南称我的儿童小说"提供了令我们感到陌生和神秘的儿童生活和命运的新画面"。作家兼评论家、大型少年文学刊物《巨人》主编朱效文评论说"韩蓁的作品是川西的骄傲""它使千千万万的人(不光是孩子),认识了川西,爱上了川西,把美丽的川西印在了大家的心里"。青年作家、评论家谢倩霓称我的作品是"儿童文学中的'乡土文学'"。著名文学评论家、前四川社科院文学研究所所长吴野这样评价我的作品:"当我阅读韩蓁为少年儿童所写的那些中篇和短篇小说时,这些念头就不断地在心头涌动、翻腾:他是有意如此写作的吗?还是因为对某类题材的偏爱?在韩蓁倾诉写作甘苦的《为着明日的星辰》一文中,我发现,对此类问题,作者是早就有过深刻而清醒的思考。他在这篇文章中说过这样一段话:'人说搞儿童文学需要童心。而我,则更看重真诚。对生活真诚,对读者真诚。既然生活并不轻松,给儿童的作品也该是沉甸甸的。有阳光灿烂,也有风雨如晦。何须粉饰,何须雕琢!'当然,童心、童趣同真诚并不是矛盾的。韩蓁的作品依然是从童心、童趣出发,来看待世界的。与众不同的是,他无意对坎坷不平的人生稍加粉饰,无意为有血有泪的世界略施雕琢。在他的作品里,从童心看出的世界是那样地真实,真实得有些'沉甸甸'的,真实得让人无从回避。但是,他的作品里仍然充满了童趣,充满了对真、善、美的信心,充满了对假、恶、丑的痛恨。"等等。

我之所以追溯这段历史,主要想表明两个观点:一是创作是件难事,需要锲而不舍、百折不挠;再是创作自由,写自己熟悉而又想写的东西,少走些弯路。

附:吃稿费(刊于《成都晚报》)

记得我第一次收到稿费是1963年的秋天,钱不多,只一元五角钱,是我的"处女作"的全部稿酬。其实那篇150字的东西根本算不上什么"作",只不过是发表在《红领巾》上的一则短消息而已,大意是说有一个少先队员在集体的麦田里插置了块小木牌,提示行人要爱护庄稼,不要抄捷径而踏坏了麦苗……

练笔几年,总算有了收获,这在我这儿是一件值得激动和兴奋的事,对于我所在的学校和小镇也算是一则爆炸性新闻。稿件寄出之后,心就悬溜溜、焦灼灼地滋生一种无可名状的感觉;接到采用通知,欣喜之后就是难熬的企盼,计算日子,频跑邮局……终于接到样书,翻开来急急寻找,在一块极不醒目的地方有一小块豆腐干大小文字,旁边还配了幅小插图……手颤心跳地连读几遍也似乎意犹未尽。

小镇上便传出某某的文章上了书,眼前就有了惊讶钦佩的目光,背后也有了神秘的赞叹。朋友和同事们自然喜不自胜,先是索要书看，一个接一个，从教师传到学生再传到家长，三五天收不回来。一本好端端的书眨眼间成了皱巴巴的本本，心痛却又无可奈何。接下去朋友们就议论这篇稿子的稿费该是多少，有说按字数点，每字三分；有说按篇幅计，可得七八块……哦哦啧啧的惊喜中便要求请吃喜庆酒。我推说稿费还没到，大家就想出个词儿——吃"预支"吧。

只得走进小镇唯一的食堂，要了半斤酒，炒了几个蛋，切了两大盘猪头肉，三五个人吆五喝六地吃喝开来。一边吃着一边添人，一边添人一边要酒叫菜。人从三五个增至七八个、八九个，酒由半斤添到一瓶二瓶，菜也接二连三地端来……预支五、六块钱之后，又有别的一般朋友来起哄，依旧要吃"预支"。自己也觉着不能厚此薄彼，于是又邀入食堂。如此几次之后，自己每月那仅28元的薪金就"预支"得差不多了……心里既心疼而又高兴，好在还有一笔稿费是可以用来弥补这月亏空的。

急切企盼中等来一纸汇款单，上面分明写着人民币：壹元五角。自己傻傻地不知所措，朋友们也惊愕不已：就这丁点儿钱么？！节衣缩食过了两三个月苦日子，朋友和同事大为不忍且有解囊相助之意，但我都坚定地婉拒了。我无怨无悔。

这之后，便有稿费陆陆续续地寄来，有几元的，也有几十元的，我和朋友们却渐渐没有了兴致。吃了几回，都觉得没有头一回热闹，淡淡地，无滋无味。

由此，我极为看重那一元五角钱的稿费，也非常怀念那"吃稿费"的情景。每每想找回那种体味，但无论吃喝环境多么优美高雅，席面多么丰盛阔绰，都没有了那种感觉。那种感觉恐怕永远也找不到了。

关于童话

# 我如何写起童话来

我创作童话很偶然。那是十多年前的一个春天,我在成都参加一个儿童文学作家的聚会。一位挚友的童话集得了奖,朋友们把酒向他祝贺。那本集子的名字叫《巨人欧欧历险记》,十多万字,是热闹派童话风格,可以一口气读完。我这位朋友是个多面手,除了主攻童话之外,还写小说,还编书编刊物。他的童话在四川乃至全国都有一定影响。经他组稿和编辑的童话书很受读者欢迎。郑渊洁的第一批童话书就是他组的稿,责编也是他。在四川儿童文学作家群中,他算得上一个真正意义上的童话作家。

我和他很谈得来。他编过我不少稿子,对我的创作很了解。闲谈中,他建议我不要老是定位在一种文体上,文学是多样的,应该试试其他文体,不妨写写童话。我当然想掌握多种文体,比如童话、诗歌、散文和报告文学之类。回顾我走过的路,也曾经尝试过多种文体,最先是诗歌,大概学写作的人,最早都是从诗歌着手的吧,认为诗歌简单、好写,但很多人最终都没有从这条路上走出来。其次,才学写散文、故事,这些均无成果可言。几经周折,最后才选定了小说,并且见了点儿成效。那日他劝我写童话,我竟有些迷惑和紧张:我?写童话?行么?!

他看出我的心思,就解释说:"不用怀疑自己的能力,你一定能写童话的。你的文字基础好,文笔流畅、清丽;你的小说注重情节,

## 关于童话

故事性很强。有这两方面的优势，何愁写不出好童话来。"

听了朋友的鼓励，我有些受宠若惊。他是资深编辑，又是童话行家，他的眼光是无可怀疑的。我决定接受他的建议，学习写童话。我便问他需要读点儿什么理论书给自己垫垫底。他是编辑过好些理论书籍的，当时风行儿童文学界的《儿童文学概论》就是经他的手编辑出版的。可是，他告诉我，"用不着读什么理论书，那些理论书是供文学评论家们读的，框框条条多，又脱离创作实际，读多了反而束缚自己，最好不去读它。自己写自己的，别去管什么理论不理论。"他说，"要想读书的话，就选几本有影响的童话书读读，了解了解这些作家的风格就可以了。"

我有着小说创作方面的实践与探索，很能接受他的说法。但是，当我问及童话怎么写和写些啥时，他的回答却让我大感意外，惊愕不已。

他说："写童话不比写小说，没有什么条条框框，想写啥就写啥，想咋写就咋写。"我怀疑他这是与我开玩笑，就说，"你这是开玩笑么？哪有这种说法哟。"他却正经地说，"不是玩笑是实话。照这样写，没错。"听他这么一说，我突然间觉得有了些勇气，就有了跃跃欲试的冲动。

后来的创作实践证明，我那位朋友说的真是大实话，一点儿也不虚诳。"海阔凭鱼跃，天空任鸟飞"，童话领域真是包罗万象，无涯无际。人神魔怪，花鸟虫鱼，飞禽走兽，山丘林木，江河湖海，风雨雷电，日月星辰，远古灵兽，未来世界，有形的与无形的，有生命的与无生命的……统统可以成为创作素材，只要想写，信手拈来就是一大摞。

但具体落笔时，我仍是谨小慎微，放不开手脚。"想咋写就咋写"虽是一句简单的话,做起来很不容易。我试着写了几篇,短短的,每篇三四千字,分别刊发于《故事大王》《童话世界》和《故事林》等刊物上,十分的不尽如人意,无非是"民间文学"的水平。我认为,童话应该是高雅的,是"阳春白雪"。我那样写,无异于糟践了童话。于是,只好就此打住。

但我那位朋友偏偏很执着,一个劲儿鼓励我写,依旧是那两句话:"想写啥就写啥,想咋写就咋写",要我放开手脚,不要有任何顾忌。我被他的真情与热忱所感动,又重新提笔写起来。

那期间,我正在为一家书社策划、编选学生读物,先后编选了几套书《世界童话小金库》《中国童话小金库》《中国百部古典小说故事金库》等,有幸读到不少中外名家的童话和故事,汲取了丰富的营养,对我后来的童话创作起了至关紧要的作用。

关于童话

## 走出一条自己的路

"想写啥就写啥，想咋写就咋写"，这其实是童话创作的一种境界，并不是单纯的写作技法。这种境界很高，应该是到了水到渠成、驾轻就熟的程度。不花大力气，不扎扎实实下功夫，是很难达到这个境界的。但是，一旦达到这个境界，你创作就算自由了，写作起来不仅轻松，而且快乐。你想写的人物、故事、情节、场景、细节等等，就会自然而然地从你的笔下源源不断地涌出来，你想不写都不行，故事必然要那样发展，人物必须那么塑造，否则就会进入死胡同。

记得第一次去九寨沟旅游，在路上跑了一两天，早已人困马乏了。忽然间进入一个沟口，陡然感到天空格外清朗，空气格外清新，山水格外神奇，林木格外葱茏，不用导游提醒，全车的旅客几乎同时脱口而出："啊！到九寨了！"为啥会有这种感觉呢？因为大家都进入了一种境界，一种特殊的只属于九寨沟的境界。写童话也是如此，不进入那种境界就不会有那种感觉。

我是在写作《迪迪尔三破魔力圈》时找到那种感觉的。这是我的第一部长篇童话，十多万字，脱稿后尝试寄给北京中国少年儿童出版社，很快就被纳入"中国童话百家"系列出版了，并多次再版，算是写童话以来的第一次收获。这次成功也是对我那位朋友"想写啥就写啥，想咋写就咋写"的至理名言的一次印证。

童话大体分作两类，第一类是传统的，大多取材于民间故事，篇幅短小、故事紧凑、情节较为简单、拟人化与抒情性甚浓、文字浅显、意境优美，宛如芬芳的山花、叮咚的流泉，读起来琅琅上口，掩卷之后仍口有余香，经久难忘。这类童话的代表作家有葛翠琳、冰波和四川的黄一辉、杨红樱等。第二类是热闹派的，或称先锋派、荒诞派。这类作品篇幅大多较长，故事离奇，情节曲折，人物众多，场面庞大，夸张搞笑，热闹非凡，可读性很强。代表作家有老一辈的张天翼，新一代的郑渊洁、周锐等。

这两类童话相得益彰，互为补充，成为我国童话创作的主流。作为一个初涉童话领域的作者，我想走一条自己的路，既不太传统，也不太热闹，而是将二者风格糅合在一起，同时增加点新兴的科幻、魔幻元素，运用小说的创作手法，大场面多层次地铺陈故事、塑造人物。我作品里的人物，有一些是读者认识的；有些故事，也是家喻户晓的。我便把这些来自古今中外、天南地北的有着不同背景、不同故事的人物组合起来，放到一个特定环境中，在他们的老故事基础上生发出全新的、更具可读性的故事。这也是我们在中小学语文教学中常常提到的扩写和续写。不过，教学过程中的扩写和续写是一种练习手段，而我的则是创作，是原创。

《迪迪尔三破魔力圈》的主人公是迪迪尔，名字就暗隐"飞碟之子"的意思，"他有外星人的勇敢聪慧，也有童话人的活泼天真，还有地球人的朴素善良"，因为他的父亲是外星人依丁，母亲是地球上的马尔奇娜。马尔奇娜是阿里巴巴的仆人，因为她杀死了三十九个强盗，匪首找她复仇，四处追杀她。她被外星人救下，后来就有了儿子……这里面就有个老故事作基础，然后就生发出一连串新故事来。

因为故事发生的特定环境在童话城，所以迪迪尔身边就汇聚了一大群童话里的著名人物，比如《快乐王子》中的快乐王子，《黑天鹅》中的艾丽莎公主，《不动脑筋的故事》中的赵大化，《阿嗡大夫》中的阿嗡……这算是正义的一方。另一方则以阿拉伯强盗头子为首，聚集了《黑天鹅》里的大主教，《矮子鼻儿》里的老巫婆丑婆子等。双方为争夺童话城展开了一场奇特而激烈的战争，正与邪、善与恶、美与丑，展现得淋漓尽致。人物阵容庞大，故事情节惊显曲折，充分体现出我所追求的"新、奇、险、乐"。情节的发展和故事的演绎，不仅使读者感到意外，就是我也始料未及。作品落笔之初只有个大框框，有不少故事和人物都是在写作过程中逐渐冒出来，慢慢明晰和丰满的。四川金钱板传统段子中有个"十八扯"，楼扯猴来猴扯楼，扯来绕去终归要扯圆。又有俗话云："卖钱不卖钱，摊子要扯圆"。我这部童话其实也算个十八扯，只不过我把人物设置得很恰当，把故事编得很"圆"很合理罢了。

下面是《迪迪尔三破魔力圈》的第六章：飞碟之子（节选）

依丁向艾丽莎讲述了自己的故事。

飞艇出了故障滞陷于荒岛之后，飞艇中大量的钻石珍奇引来了一批批贪婪的淘金者。他们把飞艇当成贮宝库，都想打开它，攫取稀世财宝。依丁不断地与这一批批歹徒周旋搏斗，勇敢抗争。歹徒们失败了，依丁也费了不少精力。

有一回，他生病了，发着高烧。一批蒙面人来偷袭他。他还是硬着头皮出击了。他穿上银白色紧身服，戴着圆形金属头盔和深色护目镜，静静地站在飞艇外面等着那伙贪婪的强盗。

强盗们冲上来了，挥动长刀，用黑洞洞的枪口对准他，喝令他打开舱门，献出里面所有的宝石…………

依丁冷笑了一声:"你们走吧,我不想杀死你们!"他低沉着嗓音,严厉地警告说。

那些强盗哪里肯听,呼噜一声围上来就是一阵狂风暴雨般的刀劈枪射。依丁敏捷地跃出圈子,闪到一边,举起武器还击。一道蓝光射出,强盗们惨叫着纷纷跌倒。然而他们并不退缩,爬起来疯狂勇猛地逼近依丁。依丁恼怒地嗥叫一声,右手一抬,蓝光闪闪,击中强盗们占据的岩石。岩石咔嘣一声碎裂,露出个无底深坑。强盗们哎哟哟一阵惨叫,随着粉碎的岩石块一同坠入深渊。

依丁也病累交加,昏倒在地。

一位地球上的妇女救了他。

她叫马尔奇娜,是个勇敢机灵的女人。她是阿里巴巴的女仆。她不仅帮助主人战胜了四十大盗,赢得了用不完的财富,还一次又一次地救了主人的命。主人感激不尽,便让马尔奇娜和侄子结婚。婚礼举行得十分隆重热闹。不想,那个伪装成油商的匪首没被马尔奇娜用匕首捅死,他治好了伤,然后装扮成珠宝商人,混到婚礼上伺机报复。

但是,他没在婚礼上找到下手的机会。

几年以后,阿里巴巴把山洞的秘密口诀告诉了侄子。侄子兴高采烈地来到山洞前,喊声"芝麻,开门"。门开了,他装了一口袋金币,然后回到城里去。他不知道,那个匪首扮的珠宝商时时尾随着他。

两个月之后,侄子又去了山洞。门裂开一条缝隙时,山洞里竟然跃出一只凶猛的狼,跳起来将他扑倒,一嘴咬断了他的喉管,再一嘴撕开了他的皮肉⋯⋯⋯⋯

这头狼是珠宝商弄进去的。它憋得难受,饿得发疯。侄子就这样被它吞噬了。匪首还不解气，他还要找马尔奇娜报仇，他三十九个伙伴都死在马尔奇娜手下。

马尔奇娜在佩西亚小镇上住不下去了，就悄悄溜出来四处流浪，靠打短工维持生活。不知流浪了多少日子，她踏上一座荒岛，杂树莽莽、野草漫漫，正惊讶踌躇间，不远处就响起激烈的枪声，蓝光闪动，天塌地陷……

依丁在一只温柔手掌的摩挲下慢慢苏醒过来。一个衣衫褴褛、面目善良的女人跪伏在地上轻轻揉擦他的头脸胸脯。她见依丁睁开眼睛，就惊喜地喊叫起来。

"好了！醒啦！"

依丁感激地望着她问："你叫马尔奇娜？你正在逃避仇人的追捕？你愿意在我这儿躲避一时吗？"

马尔奇娜无比惊诧地点点头。

然后他们成了夫妻，并且有了一个孩子。

艾丽莎听完后感到好新鲜，便静静地打量着屋子。漂亮的大眼睛上下左右搜寻着。

"他们都不在。"依丁叹了气，说，"马尔奇娜走了，进城挣钱去了……你们以后会见面的。"

"那么，你们的孩子呢？"

"好，现在我们就来谈谈他吧。"依丁激动起来，"刚才说过，给你介绍一个伙伴。我指的就是他——我的孩子！他叫迪迪尔，也就是飞碟之子的意思。他像你一样又聪明又漂亮，有我们外星人的勇敢聪慧，也有童话人的活泼天真，还有地球人的诚朴善良……总之，他是个好孩子，是个了不起的孩子啊！"

艾丽莎心里痒痒的，巴不得马上就看见这个了不起的新伙伴。

## 成功还是失败

写了第一部长篇童话之后,我对童话创作产生了浓厚兴趣,就想再试试。我写小说比较严谨,不大放得开。我写童话却是另一回事,天马行空、无拘无束,真的是"想写啥就写啥,想咋写就咋写"。写起来不仅得心应手,而且轻松快乐。

我的第二部童话是个长篇系列,原先的名字较长,叫作《七彩戒指和七个小矮人历险记全集》,其后纳入系列作为第一部,又改名《多国历险》。稿子一写完,我那位朋友就连声叫好,立即推荐到四川文艺出版社出版。那位朋友兴奋地写了两句提示语,放在精美的封面上:"中国当代第一部长篇怪味荒诞童话书,古今中外著名童话人物共历艰险"。

这部书以孙悟空成佛之后上天闲逛,在玉帝面前为太上老君求情,获得太上老君馈赠的七彩魔戒作引子,用《白雪公主》中的七个小矮人为线索,开始了惊险、奇特的"多国历险"。其后,我又创作了《太空营救》和《环球漫游》,凑成一个长篇系列,六十余万字。三本书各自独立成篇,但以七个小矮人为主体的重要人物贯穿到底,故事也有关联,可以说是一个"形散神不散"的系列。

关于这部书我有个说明,摘录于下或可作些参考:

## 关于童话

　　这部书不是传统意义上的童话，它没有描写小猫小狗的亲密友谊，也没有叙写花儿鸟儿的喁喁私情，而是大气磅礴地去表现灾难、战争、历险、营救等大事件、大场面。古今中外，天上地下，神魔鬼道，古人今人……统统汇聚于作者笔下。本书演绎新故事，塑造新人物，充满着向上精神和阳刚之气。它也不是当今所称的科幻，虽然有一定的科幻成分，但又不受制于固有的科幻模式。它不去讲述科普知识，也不去构想遥远的未来，而是将科幻元素作为一种添加剂，恰到好处地融于作品之中，让其为编织精彩故事和塑造鲜活人物服务。当然，它更不是玄幻、奇幻，甚至什么恐怖、惊悚之类，作品不去讲述那些让人看了就不敢睡觉的鬼怪故事，更不去渲染暴力、血腥，而是通过优美有趣而又复杂曲折的连环故事，把读者导入一个全新的神奇世界，分享新奇，品尝快乐。因此，将此书归于哪类，我说不出。

　　这部书是为中小学生写的，是极为严肃和负责任的。文字不深也不浅，而且非常规范、严谨，也适宜成年人欣赏。它不属于通俗读物，却又十分通俗耐读，凡具有小学以上文化程度的人，凡喜爱世界经典童话和中国古典小说的人，都会感到亲切，并能一口气读完。作品将一批读者早已熟知的老明星，如七个小矮人、崂山道士、阿凡提、海的女儿、申公豹、红孩儿、阿拉伯魔法师等重新组合、关联，让他们之间生发一连串新故事，令读者耳目一新，也使这批旧人物更加光彩照人。"东方神戒西方矮人血肉交融环球万国展示历险奇境；古今中外人神魔怪有机结合上天入地演绎文学新篇"，读者这一联是对这部书内容的高度概括。

　　作品具有强烈的故事性和可读性。虽然融合了西方文学的某些元素，但用的是东方的讲故事手法，讲的也是东方故事。中国传统小说的叙事方法在作品中得以广泛应用。作者以大胆的想象、缜密的思维、奇妙的故事情节，融小说、故事、童话与科幻为一炉，集古今中外文学作品中的典型人物于一道，编织出一个个精彩、惊险和有趣的大故事小故事，塑造了一系列鲜活的人物形象。作品极具想象力和震撼力，极富戏剧性和可读性。新颖、奇特、惊险、神秘、逗乐是该系列的特点，虽然仍属于探索性作品，但实实在在可以同当今国内外风行的魔幻、奇幻作品比比。

写这部书之初，虽谈不上被《哈利·波特》影响，因为那时《哈利·波特》尚未在中国面世。但后来《哈利·波特》在国内出版并引起轰动，作者被深深触动。当然不是被它那内容与情节，而是被罗琳的创作观念触动。《哈利·波特》讲的是西方故事，叙事也是西方手法，对我们中国读者说来有着一定的隔膜和距离，如果没有电影、网络和媒体作推手，它在中国市场未必能有那么热乎。不过，罗琳想通过她那套书把沉迷在网络中的孩子们拉回来的想法却是值得肯定和借鉴的。然而，作者也不完全赞同罗琳的观点，在高速发展的信息化时代，怎么能把孩子们从网络上拉走？这是不可能也是不应该的。作家只能改变自己，改革作品。让孩子们像上网聊天、玩游戏那样来读文学作品，让他们在书中也能找到网上的快乐和自由。如果说作者在创作《多国历险》时还没有这般明确的认识，那么，在创作后两本书时，这种认识就鲜明得多了。希望这部书能成为青少年在漫游网络时的另一种选择。读这部书，同上网冲浪玩游戏一样快乐有趣、海阔天空，而且更能积累知识，有利于读写与做人。

从第一本书到第三本结束，我创作得拖拖沓沓、散散漫漫，写作、修改用去了十五年，这过程一半是辛苦劳累，一半是轻松快乐。

我总算选择了一条路，并且走出来了。

下面是《太空营救》C部（奇谋篇）第5节：

### 海的巫婆三破冰天雪莲花

冰蛋蛋一蹦，立起来变成冰孩儿。

"你干啥你？你干啥你……"冰孩儿几步冲过去，要抓海的巫婆手中的拐杖。

海的巫婆认得是冰天巨人，就哈哈一笑，把拐杖一拄，说："你这个毛孩子没看见吗？我要把这冰山敲碎，拣几块回去盛着，供我夏天造清凉饮料呢！"

冰孩儿笑了。笑声叮叮当当的好清脆。他说："老巫婆，你能敲得动它？"

听他出言不礼貌，海的巫婆就生气了，说道："瞧你老祖母的吧！"她用拐杖狠狠一拄，冰峰上出现了深深的窝。

冰孩儿笑笑，轻轻挥挥手。一阵风雪掠过，那窝又平了。

海的巫婆又用拐杖去拄，但冰峰坚硬了许多，只留下浅浅的白印子。她不动声色地笑着一跺脚，几条蛇突然吱溜溜地从脚边钻出来，从东南西北四面钻进冰峰。嚓嚓的，留下几个隙孔。

冰孩儿一见，双眉倒竖，嘿了一声，猛然推出双掌，喊声"冰山雪莲花"……青光一闪，一朵青色的巨莲劈面飞来，砰地一炸，分成四朵，迅疾朝冰峰的东南西北四面飞去……海的巫婆立即横端着拐杖，喊了声"海底红珊瑚"，猛然将拐杖搅动几下，随着五颜六色的光波游动，空中飞出四个色彩缤纷的珊瑚丛托住雪莲花。

雪莲花动弹不得。

冰孩儿嘿了一声，奋力一掀掌。雪莲花炸裂成十六朵，转悠着摆脱红珊瑚的缠绕，直往下坠。海的巫婆尖笑两声，挥挥蛇拐杖，红珊瑚立地化为十六丛，稳稳当当地飘过去再次托起雪莲花……

冰孩儿不断掀掌，雪莲花由十六朵变成六十四朵，百五十六朵，一千零二十四朵……海的巫婆也不停地挥舞蛇拐杖，红珊瑚由十六丛变成六十四丛，再变成二百五十六丛，一千零二十四丛……

满天都是雪莲花。满天都是珊瑚丛。

珊瑚丛牢牢托定雪莲花，双方静止在空中不动。与此同时，冰峰的东西南北四面传来冰块儿的断裂声、坍塌声。那些蛇得了手，疯狂地在冰峰中横穿直撞起来。

冰孩儿呀的惊叫一声，噔地飞上峰尖，双掌猛然推出，半空中一阵轰响，雪莲花和红珊瑚全都炸个粉碎。他左手一抓、右手一招，两坨冰块砸出去，东南两边的蛇就伤了脖子，扭动着爬了出来。他嘿了一声，右手一抓、左手一招，又是两块坚冰飞出，西北两方的蛇也伤了脖子，气息奄奄地钻出冰层，在雪地上扭动。

海的巫婆大怒，举起蛇拐杖正要反击，冷不妨一朵巨大的雪莲花猛然从头顶上压下来，她急忙闪过。雪莲花爆成细末，冰层上炸了个深坑。

"冰天雪莲花！"冰孩儿占了上风，不停地掀掌喊叫。铺天盖地的雪莲花卷过来，追打冲击海的巫婆。海的巫婆用蛇拐杖抵挡着节节后退……冰孩儿得意地蹦跳着，紧追不舍。

海的巫婆绕着冰峰兜了几个圈子,趁冰孩儿高兴得失去戒备的时候,暗中抓过五条水蛇反手朝冰孩儿打去。一眨眼,冰孩儿的头上、手上和腿上都缠上了水蛇。水蛇们活跃地卷动身子,缠绕得他透不过气来。五根红信子游动到他脸上,颤颤悠悠的,惊得他大声喊叫……

海的巫婆双手一拍。

水蛇们奋力扭动着,齐齐啄向冰孩儿的脸……冰孩儿一惊,变成个亮晶晶的冰蛋蛋从蛇们的缠绕中脱身出来逃走了。蛇们失去了目标,猝然跌落在雪地上。

"狡猾的东西!"海的巫婆咕哝着。她一抬头,就见面前立起一座冰峰。她转身一瞅,后面也耸起一座冰峰。接着,左右两边同时出现了冰峰……海的巫婆暗道不妙,将蛇拐杖往空中一丢,蛇拐杖化作翠绿色的水蛇,她闪身骑上去,冲向头顶的豁口。

海的巫婆刚刚飞出去,冰峰砰地一响,顶上就合拢了。一座新的冰牢矗立在雪原上。好险!海的巫婆暗暗伸伸舌头。

"冰天雪莲花!"冰孩儿出现在冰牢上。双掌一推,雪莲花朝海的巫婆打来。海的巫婆连忙用海底红珊瑚托着。两人对峙着,相持不下。

卷过一阵海风,雪原上飘过来十个娇美的姑娘。领头的那个手持九龙头拐杖。她们是小人鱼海儿的姐姐们。

"快来帮我啊!"海的巫婆高声喊道。

小人鱼的姐姐们答应着,轻盈地飘飞过来。冰孩儿接连推出十掌,十朵冰天雪莲花飘向她们。她们嘻嘻哈哈地笑着,舒臂抬手,撒出十条湖蓝色的裙带。裙带坚韧而又柔软,照准那雪莲花一裹,雪莲花被缠住拖到地上,渐渐融化成水沫。

冰孩儿惊得倒退几步，连番推掌喊叫，漫天都是转溜溜的冰天雪莲花。十姐妹依旧嘻笑着，抛出无数条裙带，将那些雪莲花统统裹到地面上化掉。

冰孩儿大怒，眨眼之间竖起几道冰墙。海的巫婆急忙提醒十姐妹。十姐妹哈哈一笑，喊道："您老放心吧！……瞧我们姐妹的就是了！"领头的姑娘摇动九龙头拐杖。立刻，九只龙头就活起来，龙嘴裂开，呼嘟嘟迸喷出九股烈焰朝冰墙舔去。冰墙很快化掉了。

九龙头拐杖是老祖母的镇海之宝，一直握在她老人家的手里，轻易不让谁动一动。老祖母极心疼小孙女儿，一听说小人鱼被冰天巨人封入冰牢，就急不可耐地喊，"拿我的九龙头拐杖去，打死那个巨人，救出我的小孙女儿！"冰天巨人遇到了九龙拐杖，实在是倒霉透顶了！

他想逃。可是，九股火焰窜过来紧紧围定他。他动弹不得。海的巫婆趁此时机，招呼水蛇四面出击。只一会儿，冰峰就被水蛇穿透出无数个窟窿。冰牢一漏气，就无声无息地渐渐融化了。

关于散文

# 一种最好写而又最难写的文体

我写散文始于20世纪末,是在写童话之后。我喜欢读散文,同时又怕写散文。如果谁约我写散文,我会像一个成绩很差的学生进入考场一样地发愣发怵。我觉得散文是一种最好写而又最难写的文体,看起容易写起难。写好了是脍炙人口的美文,写不好就成了味同嚼蜡。

散文是文学门类中一个自由、灵活、精干的体裁,以抒写作者自己的所见、所闻、所感、所悟见长,内容情真意切,感情充沛。散文常常用第一人称叙述,作者的影子在文中较为明显,字里行间往往凸现作者的鲜明个性。如同巴金所说"我的任何散文里都有我自己"。

写散文需要一种大胆无忌的风范,也就是鲁迅所说的"任意而谈,无所顾忌"。更浅显一点儿的说法就是"想写啥就写啥,想咋写就咋写",十分自由,不拘一格。

散文的取材非常广泛,宇宙万物、世间万象、各色人种、身内身外、宏观微观……方方面面都可以涉及。不过,这些材料一旦出现在文章中,就打上了作者主观感悟的烙印,代表着作者的人生经验、观点感受。所以,同样的材料,不同的作者所表现的内涵就不同。刘半农提倡散文要"赤裸裸地表达,写真实的我"。我以为这才是散文的核心特征和生命所在,这才是散文定义的最重要的元素。

我很赞同刘半农先生这一观点,并在写作中去实践、印证。我一开始写的散文不多,大多是写人记事或随笔之类的豆腐干短文,零零散散发在一些报刊上，谈不上什么影响，我也无乐趣、兴趣，全把它们当学步、练笔。

直到21世纪初，我开始写《"庄主"日记》时，才算找到一些感觉，慢慢融会贯通起来。

写作这本书也很偶然。我的老家在一个具有两千多年历史的古镇上，是个老旧宅院，有竹林树木，花鸟虫鱼和小桥流水，自己住着并没感到怎么样，但朋友们来了感觉很不错。那位劝我写童话的朋友戏谑地称院子为"山庄"，呼我为"庄主"。朋友们四处宣扬我的"庄主生活"。有个在全国都很有名气的儿童文学作家，不止一次地向文朋书友们推荐我的小院："如果你官场上失意，如果你经商遇到困难，如果你婚姻遭遇挫折，如果你生活受到打击……你就到老韩的小院里去，走走聊聊，住上一天两天，你的烦恼忧愁就都没有了，心里和身上都轻松了。"

有一次，那位作家与朋友在我院子里桂花树下喝茶闲聊，忽然间对我说："你能不能以这小院为中心，用小镇作背景，然后辐射开去，用记事的笔触写一本书……写得实在些、亲切些，我想，这样的作品城里人一定会喜欢的。他们一年到头待在城里，整天就是公寓与办公室，车呀楼呀人潮呀，忙忙碌碌，浮浮躁躁，哪见过你这般清新恬淡的生活！要说休闲，你这才称得上是真正意义上的休闲啊。"

她这一说，众人都说好，都鼓动我写。我这个人是经不得鼓动和怂恿的，他们一走，我就提起笔来，并且把书定名为《"庄主"日记》。

我经过精心构思，采用了独特的写法，糅散文与小说为一体，以情节和细节取胜。全书六十四章，每章三千字左右，按春夏秋冬的时序叙述，每章又独立成篇。标题全是两个字，从形态上就透出一种美感。

　　书的内容单一而又庞杂，写小院、写川西、写生活。川西风情、小镇人物、文化休闲、民俗评说，在书中得到较为深刻的表述。出书后，巴蜀网和新华网先后全文连载，《四川日报》和《成都晚报》也从中选发了部分章节。朋友们喜欢这部书，作出了四句话的评论：一本文化休闲的真实而浪漫的记录；一幅风情别致的"川西当代清明上河图"；一首优美清新的21世纪田园牧歌；一部形象生动的川西民风民俗大观。

　　没有感情就不称其为散文。作者对事物、景观、人生等突然有了感悟，既而感悟得到深化、升华。这感悟就是散文的意味之本和中心立意。我从生活中的点滴小事出发，抒发自己从中受到的感动。写这样的文章，事件并不是主要的，关键就在于充沛的感情。可以说，我《"庄主"日记》中的每篇作品都是如此，甚至其中有些篇章还是含泪写成的。

　　情真意切，散漫如水。这是我写散文的追求，也可以说是我的散文风格。

　　散文难写也好写，只要用真心真感情就成。

　　下面是《"庄主"日记》第十二章"艺讨"的摘录：

　　——浓云低垂，有雾有风有雨。

2月3日

　　……曲尽舞毕，那批孩子和小青年又跳跳蹦蹦地簇拥着他们涌到另一家。我的门口又成一片茫茫白地。

午饭之后我和妻子正在院里拾掇蝉兰,就听有人轻声叩门。我们腾不出手,只得高声说:"谁呀?请进来吧。"院门一开,走进一男一女两个陌生人来,紧接着又拥来一伙孩子。我们正在疑惑,那男的便拉响胡琴,女的也就手击碰铃唱起来:"手拿碟儿唱起来,小曲好唱口难开……"

妻子同我对视一眼,我们明白:又是贺岁讨钱的上了门。于是,我们只得丢下手里的活计走过去,笑着请他们坐坐。他们摇摇头表示不愿坐,仍继续拉琴唱歌。唱了一支又一支:"……九九那个艳阳天哟,十八岁的哥哥呀坐在河边……"拉琴的态度从容,十分投入;唱歌的情感真挚,表情动人。听那琴音歌喉,这二人绝非游荡的江湖艺人,而一定是音乐领域内的行家里手。

我立即掏出钱来送上去,妻子也端过来两杯热茶。趁他们喝茶的间隙,我同他们攀谈起来。简短的交谈证实了我的猜测。他们是夫妻,同在省内的一个地区级歌剧团工作,男的是琴师,女的是独唱演员。前几年歌剧团解了体,他们应聘到另一个歌舞团工作。一年后那个团也垮了,他们失去了依托,在屡屡求职不成的情况下,只得以在农村卖唱为生……他们有个读高中的女儿,因为患重病休了学,这阵还待在婆婆家里等他们捎钱回去呢。

面对两位文艺界的落魄朋友,我不知该说些什么。我试探地问:"你们没去歌厅酒吧?那里的收入应该好些、稳定一些吧。"

女的淡然一笑,脸上掠过一丝凄切的神情。男的叹了口气,无奈地说:"唉!我们年岁大了,再说那些地头也不适合我们啊!……我们去试过的。"

我想了想,就说:"农村也好,天宽地广,大有市场。"

男的说:"也就将就吧。我们跑了几个月,转了好几个县市，效益还算可以。不然，我那女儿就惨了。"女的又补充说："就是苦些累些，还时常遭人白眼，人家都以为我们是乞丐哩！"男的扑哧一笑，风趣地说："你不是乞丐是什么？是文明讨口子？"

我们几个都忍不住笑了。

临出门，他们表示还要送我们一支歌，我们怕耽误他们挣钱的时间，就说算了吧。他们不答应，再三要求我们点。犹豫再三，我终于点了一首郑智化的《水手》。那夫妻二人相对一望，又感激地朝我点点头，然后一个拉琴一个击碰铃，就在我家泛着青青光泽的阶沿上唱起来：

"……他说风雨中这点痛算什么，

擦干泪不要怕至少我们还有梦；

风雨中这点痛算什么，

擦干泪不要问为什么……"

昂扬凝重的歌声是他们送给我的，也是我对他们的真诚赠语。但愿我们都能成为坎坷生活中的勇敢的水手，为了梦为了歌，迎着风冒着雨顶着痛擦干泪朝前走……

我送他们走出小院，走到小镇人中间。我惊奇地发现，一向有些吝啬的小镇人对他们竟然格外地大度和宽容。我禁不住佩服起小镇人的目光和胸襟来。

## 有感于散文的表达

有无真情实感是能否写好散文的第一步,第二步则是散文的立意。所谓立意,其实也就是作者的感悟,是作者对特定事物或经历所产生的感受与领悟。这种感悟有的是渐进的,有的则来自瞬间。

有感悟才有散文的写作。散文的立意要求独特、新颖,要求体现出作者独特的情志、感受和体验。这种感悟是别人所不能产生的精神产物。

感悟是散文的灵魂。感悟需要在文章中表达出来。在我的写作实践中,我发现有两种表达方式:一是明朗的,明白畅晓,使人一看便知。二是含蓄的,隐晦曲折,让人慢慢品味。用哪种表达方式,需要从文章内容、时代背景以及作者个性而定。

我有三本散文集子:《"庄主"日记》《沧桑记忆永丰场》和《见证与记忆》,前两本已在前几年出版,后一本还在修改中。前两本书以现实为背景,讲述川西民风民情和古镇人文历史,就写得开朗明快、漫不经心,表达感受和描述心理也明明白白,酣畅淋漓,字里行间透出一股浓郁的乡土气息和生活芳香。这种写法很能引起读者共鸣。后一本则不同,因其记录的时代背景特殊,所以读者就难以从文章中找到我的感悟,只能去独自猜测和思考。

内心情感和生活体验是散文的内在结构,失去这个结构,散文就立不起来。同样,没有外在结构的核心也写不出好散文。外在结构的核心是什么?是细节。因而,我在写作中就格外注重细节描写和情节设置。我认为平常提到的散文写作章法,比如形散神聚啦,文眼啦,意境啦……都属于一般化的创作理论,放到其他体裁上也同样适用。我写散文不特别拘谨于这些章法,仍然是"想写啥就写啥,想咋写就咋写"。扬长避短,选择最适合自己的章法。我不擅长辩理,写作时就少议论说理。我写小说、故事较顺手,就在散文中加大情节和细节的成分。我常对朋友这么说:我把散文当小说写,把小说当散文写。因此,在我的好些小说中,读者都可以找到散文成分,比如联想、抒情、描写等。而在我的散文里,有些情节的出现和细节的刻画简直就是从小说里移植来的。这种交叉融合的方法,使这两种文体更具活力,更富可读性。

关于散文

## 写得质朴些，浅显些

我写作上有一个毛病。那就是非常注重语言的使用。我写的绝大多数是儿童文学作品，读者群体主要是小学高年级学生和初、高中学生，此外才是成人读者，所以语言就得应当规范，文字也不能过于深奥、怪僻，力求做到质朴、浅显，与教材相匹配，这样才会有益于学生读写能力的提升。这样一来，语言表达缺乏个性也就在所难免。

散文写作对语言的要求尤为严格，可以说是达到苛刻程度。不仅要浅显质朴，清新流畅，优美洗练，还要讲究句式、音调、节奏和旋律等美感。笔调的魅力来自作者的真知灼见和真情实感，但要将其化作文学的和谐色彩、自然节奏、隽永韵味，还必须依靠驾驭文字的能力以及笔墨的高度净化。在这方面，我经历过痛苦的磨练和长久的探索。我和许多初涉写作的朋友一样，在学步之初总是刻意地堆砌词藻，雕饰表面，把文字弄得花里胡哨，洋里洋气，活像一个爱美而又不善于打扮的女人，脸上涂满脂粉，身上珠光宝气，妖冶怪诞，俗不可耐，叫人见了就生厌而产生距离。不用说，我那些"作品"都以失败而归入纸篓告终。

关于散文的语言，散文大家们有不少独到精辟的见解。秦牧说："文采，同样产生艺术魅力和文笔情趣。丰富的词汇，生动的口语，铿锵的音节，适当的偶句，色彩鲜明的描绘，精采的叠句……这些东西的配合，都会增加文笔的情趣。"佘树森说："散文的语言，似乎

○ 和少年朋友谈写作

比小说多几分浓密和雕饰，而又比诗歌多几分清淡和自然。它简洁而又潇洒，朴素而又优美，自然中透着情韵。可以说，它的美，恰恰就在这浓与淡、雕饰与自然之间。"两位作家的论述深刻而具有指导价值。

在散文写作中，除了尽量写得质朴、浅显之外，我尽量写得潇洒、自然一些。潇洒与自然，对人来说，是一种气质和风度，对散文而言，则是语句变化多姿，流美洒脱，显示一种特有的品质和风格。散文篇幅小而容量大，行文最忌冗长拉杂，拖泥带水。有话则长，可以泼墨如水，尽意渲染，大量铺陈；无话则短，就要惜墨如金，轻描淡写，几笔代过。如是，文章才会浓淡有致，如清新隽逸的山水画。

比如我的《"庄主"日记》那一则：

### 孤儿

——细雨霏霏，轻风徐徐：人体舒适度一级。

1月20日

进入腊月的头一天，邮局送来一个快递包裹，写着我的名字。折开一看，是一包天麻、三七和丹参，我不禁纳闷起来，谁寄这样贵重的滋补药材给我呢？再看看寄出地址：云南丽江。我更迷惑了，那里没有我的亲戚和朋友啊！正打算去翻翻包裹单，就听见一阵电话铃响。

我拿起听筒一听，从那头传来一个凝重而又略含孩子气的小青年的声音：

"请问,您是韩老师吗?"

听那声音既陌生而又有些熟悉,我一时想不起他是谁,就问:"是的,请问你是哪一位?"那声音立刻变得惊喜和激动起来,说:"我是勇子呀!韩老师,您的身体好吗?您的一切都好吗?"

我一愣怔,勇子?!勇子……我突然想起来了。于是,我的眼前就出现了这样一位少年形象:霏霏细雨中,一个十七八岁的少年瑟缩着双肩,微跛着一条腿,在泥泞的道路上蹒跚地走来拐去。他四方脸、宽额头、一双清澈明净的眼睛,脸上流露出一种深沉的凄凉和无奈。转了几个圈子,泥地上留下了重重叠叠、深深浅浅的一片脚印……这个少年的举动有些奇怪,我知道他是这小镇上的人,时不时地要从我院门口经过,但我弄不清楚他是谁家的孩子,更不知晓他的名和姓。

就在我打算转身回到小院的一刹那,那少年嘿了一声,快步走过来,羞涩而又果断地叫着了我。我停下脚步,仔细打量他两眼,问他姓什么叫什么。他脸面绯红,迟疑两三分钟才说:"我叫,勇,勇子……"

……我也忍不住惊喜起来,这个勇子哇,自从把房子修好后,就两三年不见了影子!我忙问:"勇子!真的是你?你现在哪儿?"

他在电话那头说:"我在云南丽江。"我一怔,立刻想到刚刚收到的那包药材,便问:"那天麻三七是你寄的?"他在那面低声笑了笑,显然有些羞怯和不安地说:"是的,我表示我的一点儿心意啊!"

我禁不住埋怨起他来,怪他不应该这么见外,应当把钱积攒起来准备成家才是。他解释说,他已到丽江三年,在一个美发厅学手艺，也挣了些钱，原本想春节回家看我们，但是年前年后生意好活路忙，老板不放他，就只好先给我们寄点补药回来炖鸡炖肉补补身子。

"我知道，您和师娘的身子都不太好，前两年，师娘还摔过跤伤了骨头，这些药材您们需要……过两年我再回来看望您们……"

勇子在那面唏嘘而泣，我在这边也泪水盈眶。面对这个涉世未深而又如此多情重义的孩子，我还能说什么呢？还有什么理由不为他们尽心尽力奔走呼号呢？

勇子父亲早逝，母亲改嫁他乡。他从小就在敬老院中生活。在一般人的眼里，他是个不晓事理，整日晃荡的少年。人们一提到他，免不得要比嘴打喷喷。他原有两间旧房，因为扩展公路被拆除。拆下的木料、砖瓦堆放在那儿由于年深日久已逐渐损失破败。他满十八周岁之后脱离了敬老院，这才想到房子。房子，对于一个刚刚成年的小男子汉来说究竟有多么重要是我们这些有房屋居住之人难以想象的。直到他第一次来找我，我才知道他是一个无依无靠的孤儿！他没有生活来源，更无固定的住所，舅舅家住住、师傅家待待，朋友处停靠几天。犹如风中一片飘叶，不知落脚何处；更像茫茫大海上一叶迷失的孤舟，找不到遮风避雨的港湾！

他含着眼泪向我述说了自己的身世和眼下的困境，出于人道原因，更出于一个儿童文学作家和教育者的神圣责任，我毫不含糊地答应帮助他。

第二天，我去了镇政府，找到了书记和镇长，向他们反映了勇子的情况。对于勇子的困难他们也略有所闻，但由于财力有限和诸事繁忙，就没有顾及他。何况，要救助的人家还有不少，他这样一位"晃荡少年"还排不上轮次哩。我据理陈述了勇子尴尬的处境和他良好的一面,又反复说明救助勇子这类少年的重要性和迫切性……他们笑了,答应立马商量。

书记曾是我的学生,要留下我吃过饭再走。我说:"饭就不吃了,只要把勇子的事妥善解决了,我就感谢你,就算你请我吃饭了。"他和镇长都是办实事的人,第二天就派了镇民政干部来找我。这位干部也是我的学生,办事既干练又热忱,一见面就说他已把勇子的情况向市民政局作了汇报,上面的意见是,如情况属实可以优先列为救助对象。他话说完,连开水也没顾上喝,跨上摩托"啵啵啵"便朝村组跑去。两个小时之后,他又"啵啵啵"地飞驰而来,还没下车就说:"我已与村上协调好了,立马就给勇子修房,资金嘛,是三个一点,也就是镇政府拨一点,村上出一点,勇子自己凑一点……地点选择在村道边,向阳宽敞又利于他做手艺。"

我一听,悬溜溜的心才有些放下来,直到划了地基拖来砖瓦木材动了工,那心才真正落到实处。

自那以后的两三个月,勇子都在建房工地上忙碌,每隔三五天,他少不得要来我家一趟,或者说说进度,或者谈谈质量。我也时不时地抽出个把钟头,到他的工地上走走瞧瞧。我那管民政的学生也隔三差五地来检查检查,督促督促。

房子建成了。青砖瓦屋,两间一进,六七十个平米。同那些高楼大屋比起来,它当然显得窄小显得寒碜显得很不起眼,然而对于一个十多年来如漂萍般的孤儿来说,那就是一个家!哪怕是个小小的家!那是属于自己的啊!

几天后的一个早晨,初升的朝日毫不吝啬地把温暖的光辉铺满刚刚复苏的大地,丝丝缕缕轻盈的晨雾挂上芽苞初萌的枝头。

成团成簇的中小学生骑着自行车叮叮当当地如花潮涌荡般奔向学校。就在这样的充满活力和希望的早晨，勇子告别了我向南而去。他有了房屋有了家，他不再有后顾之忧。他打算去打几年工，挣点儿钱把那个空荡荡的新屋充实起来，成为一个真真正正的家。

　　勇子踏着晨曦走了，洒满阳光的大地上蹒跚着他瘦长的身影。

　　我泪眼模糊地看着他逐渐消失的背影，喃喃地祝愿他：勇子，多多保重！

关于小说

# 从小乞丐到"铁宝罗"

○韩蓁作品

上个世纪80年代中期,我写了篇六千多字的短篇小说,题目叫《"旱鬼"的葬礼》。这是我的成名作,也是我少年小说创作的新起点。

这篇小说讲述旧社会中,一个叫"铁宝罗"的小乞丐为生活所迫,在川西坝子一次求雨的庙会上,扮演人见人恨的旱魃,被锁在庙门门楼下,受尽了折磨与凌辱。然而,就在门楼即将坍塌砸向人们的紧急关头,他却披锁带链奋然而起,舍身救人,眨眼之间成了人们心目中的神圣英雄。

写作这篇小说的起因十分偶然。有一次我在成都北站广场闲逛,发现有几个小乞丐在路边向行人乞讨,其中一个极像我童年时代的同街小娃。他那污脏的脸、瘦小的手、凄苦的眼神、圆鼓鼓的肚腹……勾起了我脑海里深沉的记忆。那时候我们大约就十一二岁吧,都生活在我们小镇的一条偏僻小街上。他不算孤儿,也不是乞丐,但他染了大肚子病,就是我们现在所说的血吸虫病。脸黄肚大个子矮,大家都叫他"铁宝罗",也就是"铁疙瘩",长不大的意思。他整天呆滞地坐在家门口的大卵石上,晒太阳看街景打发日子。不到十五岁,他就病死了。无意间,这两个小人物的形象竟然杂糅在一起,在我的脑海里搅来搅去,使我不得安宁,于是我就有一种创作冲动,想把他们的事写出来。

但他们的故事都很简单，无非是乞讨、晒太阳之类，不能感动人。思来想去，我突然想起我们小镇上曾经有过的一个老年乞丐来。这老乞丐也算得上是我们小镇上的"名人"，他是叫化子头头，人们称呼他为"马营长"（即叫化营营长）。他那模样与"铁宝罗"差不了多少，人矮肚圆、行动笨拙，但关于他的故事远比"铁宝罗"的要多得多，尤其是他在每年五月二十八日城隍出驾的庙会上扮旱鬼的形象几乎家喻户晓，人人称赞……

借助小乞丐和"铁宝罗"的外貌、语言，加上老乞丐的有趣故事，三个形象便有机地糅合在一起，再经过剪裁、编织和合成，一个新的"铁宝罗"形象就立起来了。我以少年的视角，第一人称的写法，通过几个细节去描述"铁宝罗"的声言笑貌和乞讨生活，同时运用多重对比表现出他心灵的纯净和人性的崇高。越写我就越同情他、敬重他。及至后来，我心灵战栗，泪水盈眶。

在写完主要情节，进入结尾阶段时，我却突然间卡了壳，写不下去了。按照情节发展需要，"铁宝罗"在门楼即将坍塌，大难就要降临的紧急关头，他应该作出献身的选择。这样，他的形象才能升华，小说情节的发展也才能达到高潮，达到预想的效果。"铁宝罗"的死法却成了个难题。他是个十三四岁的小娃娃，不可能像成年英雄那样死得顶天立地、轰轰烈烈，但也不能去得无声无息，没有半点儿波澜。思考再三，设计了十几种方案，都不尽如人意。本着写不出来时不硬写的常识，只好把稿子搁置下来。一搁便是一年多。在这几百个日日夜夜中，"铁宝罗"那未完的形象无时无刻不在我的脑海里萦回，那个艰难的结尾始终像一条无形的小蛇在搅扰我的心。这其间我又发表了几个短篇，可就是这个"铁宝罗"令我无法突破。我感觉到在我眼前有那么一个难以捉摸的影像，时而说应该如此，时而说应该那样,但一旦拿起笔来,那个影像便渐渐淡化了……我明白硬写是不行的,只能等,等到瓜熟蒂落,水到渠成;等到灵感迸发,奇迹出现。

直到一年后的一个秋日下午,淡淡的夕阳从楠木浓密的枝叶间将些许余晖透进我宁静的小院。我坐在小竹椅上闲闲地翻着新到手的《小说选刊》,一个短篇还没看一半,我脑海中突然一亮,犹如暗夜中电光闪过,心上一阵激动……我手一拍大腿,喊了声"有啦"把书一扔,一骨碌弹起来冲进书房,抓过一迭稿笺纸忙忙碌碌地写起来……家里人见我的神情很有些异样,连忙跑到窗边来问我是怎么啦,我兴奋地告诉他们:"有结尾啦!有结尾啦!我那篇三年的小说有结尾啦……"弄得他们真有些莫名其妙。

我是这样描写铁宝罗的死和小说结尾的:

……轰隆一声巨响,两尊神像倒塌下来,跌得粉碎,石板地也被砸成碎块……天地间突然一片死寂……我和小丑软瘫在地上。乡丁呆傻片刻,突然一翻身,爬起来,冒着滚滚的烟尘,就往庙门口钻……又是一阵哗啦啦响,古旧的门楼坍塌了。铁宝罗被埋在烟尘瓦砾之中……

小丑撬开了木头,乡丁扛起了门扇,人们一个接一个地走上来,无数双手颤抖着、刨着挖着……世界显得如此肃穆,没有雨,没有风,没有一点儿声响……台子坝的人们都聚拢到庙门口,连那些戏文中的文臣武将、相公小姐、丫环书童……都走了过来,默默地伫立着。不知是谁燃起了第一炷香,第一张纸钱。于是,一捆一捆的香,一刀一刀的纸,在庙门口燃烧起来。霎时

## 关于小说

间，废墟成了一座焰腾腾的小山丘。戏班的锣鼓笙箫响了，凄婉深沉，如泣如诉，混和着人们的唏嘘、叹惜，汇成一股特殊的送葬哀乐……

乡丁跪在香火堆前，一把鼻涕一把泪地焚烧着纸钱，一张、一张，又一张……身后，跪着他的妻子、儿女，他们头上都顶了白色的孝帕……突然间，哭天喊地地撞过来一个老人，她是我的婆婆。她一把抱住我，哭着、亲着，从包儿里掏出个油渍斑斑的煎饼，小心翼翼地放到庙门口，颤颤巍巍地跪下去，像她平时求告神灵般地说：

"你，保佑我的孙子吧……"

人们也陆陆续续地跪了下去，虔诚地祷告说：

"保佑我们风调雨顺、五谷丰登吧！"

"保佑我们没病没痛、没灾没难吧……"

人们终于发现了铁宝罗的价值。埋在面前瓦砾堆里的，不是一个无名无姓的叫化子，不是一个祸害人类的魔怪，而是一个实实在在的人，一个正直的崇高的灵魂。

于是，才算完成了"铁宝罗"这一艺术形象的塑造。

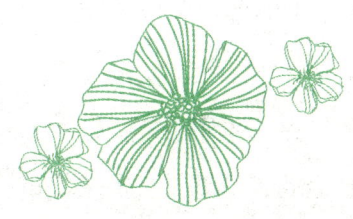

## 人和动物的情感演绎

前年的一个深夜,一个老朋友打电话向我求助,他告诉我,他的孙女看了我的短篇小说《我和女儿,还有一只小狗》之后哭泣不止,久久不肯入睡,要我帮忙劝劝,同她对话对话……朋友的孙女就读于成都市盐道街小学,她在电话里哭着问我:"真有小白云那只小狗吗?它是否真的死了?你真的就那么狠心把它关到院外?"我告诉她,我家的确有过一只小狗叫小白,后来确实是死了,但我并没有赶走它。小说中的小白云是艺术创造,有些情节是虚构的,当然,小白云的原型和好些细节的确来自我家那只死去的小白……

《我和女儿,还有一只小狗》讲述了一只小狗和一个小朋友的情感故事:"我"从城里带回一只小狗,女儿丹丹十分爱它,不仅给它起了个美妙的名字小白云,还时时刻刻照料它的饮食起居。"我"怕女儿把精力用到小狗身上而影响了升初中,就悄悄将小白云关到院外。不料,小白云却误咬了中毒的死耗子而死于非命,尔后,丹丹含泪为小白云垒了个坟头……

决定写这篇小说是在我家小白死后女儿将它掩埋在小树林边之后的第三天吧,女儿依旧茶饭不思,哀伤不止,早早晚晚盘桓在小树林边,时而献野花供水果,时而叽叽咕咕对坟头低语……我没有阻止她,更没有责备她,而是认真观察她的神态举止,体察她的心灵苦痛,回顾、梳理她与小白之间的细微往事,找出其中的关键词:人对小动物的爱。

于是，我定下这篇小说的基调：不编织跌宕起伏的情节，也不启用豪华绮丽的文字，而用平淡清新的文笔，以主人公情感发展变化为线索，传达人与动物相依相恋、和谐共存的信息，以情感人，以情取胜。

我设计了三个主要人物形象：丹丹以我女儿为原型，"我"渗入了普通父亲作为家长的元素，小白云则全是我家小白的影子。为了突出丹丹对小白云的怜爱和呵护，我特意安排了为小狗改名、安排小狗饮食和住处、带小狗散步、为了防备"我"将小狗送人而将它带去学校、小狗之死及安葬小狗等情节，浓墨重彩描写了丹丹对小白云的真爱和小白云对丹丹的依恋；同时将"我"融入其间，从反面烘衬丹丹形象。我选择了几个细节来表现"我"与丹丹之间因小白云而发生的矛盾冲突，形象地描绘出父女二人对小白云的情感差异。

比如改名，"我"说，"狗娃有啥名字？就叫白狗好了"。丹丹却嫌不好听，非要改为"小白云"不可，"叫小白云吧，它就像一团白色的云彩"。为小白云安排住处时，"我"的意见是"找个破筛子，垫几根稻草"，丹丹却"搬来几十块砖，呼哧呼哧累了小半天，为小白云砌了一个小小巧巧的窝"。给小白云找吃饭碗时，父女之间又发生争执，"我"说，"找个烂盆子将就用用"，丹丹却拿出她上学打菜用的小瓷碗。有时，"我"从外面回来，小白云跑上来撒欢蹦跳，擦擦"我"的腿杆，衔衔"我"的裤脚，"我"不是大声呵斥它让它滚，就是猛地甩它一脚。而丹丹呢，放学一进门，总是先向它打招呼："小白云同志，你好"，接着就蹲到它面前，亲昵地同它低语闲话……

这一连串的细节，都是我和女儿在平常生活中的表现，普通而又真实，虽然十分随意细微，但把它们有机地穿在一起，就成了不可多得的珍珠，正好反映出"我"和丹丹对小白云的情感深度差异。"我"浅而敷衍，丹丹深而真诚。相形之下，丹丹对小白云的爱就突出了，也具体形象多了。

作为一个短篇小说，仅有上述几个细节是不够的，那只算垫了个底。于是，我安排出较大篇幅描写小白云之死和小白云死后丹丹情感的深华以及"我"的被感动和愧悔之情。一向胆小的丹丹在天黑、雨密、路窄、地滑的恶劣环境中，独自摸索三四里，把被"我"悄然扔进小山沟的小白云尸身搬回家，埋在老墙下，"新垒的坟头，新栽的松，坟头上插着一串小白花"。见到此情此景，"我"的心灵被彻底震撼了，"我轻手轻脚地退回来，我怕惊醒了酣睡的小白云，更怕骚扰了小女儿圣洁的心"。这个情节虽然纯属虚构，却是故事发展的必然。人对动物的爱已充分展现和渲染，而我的泪花也憋不住从眼眶里掉下来了。

以下是我描述小白云死后的一段文字：

丹丹终于知道了小白云的死因，她病了。

我悄悄把小白云的尸体扔到了二里以外的小山沟，为的是不叫丹丹睹物伤情，影响学习。我观察一天，丹丹平静多了，但显然同我有了更深的隔膜。她沉默多了，失去了笑声，也失去了那欢蹦乱跳的身影，她像忽然长大了十岁、二十岁！我伤了她的心，她有理由生我的气。我想，小孩子嘛，哪能那么认真呢，过几天，也就会好了。我出差去了。

半月后，我出差回来。丹丹依旧沉默寡言，对我敬而远之。

我也无可奈何。我提起锄头，想通过挖菜地解闷，可走几步，就突然愣住了——

就在那个修补好了的墙缺下，冒出一个小的坟堆，新垒的土，新栽的松，坟头上插着一串小白花。这！这是？我忙喊丹丹妈。丹丹妈出来，见我握着锄头，站在小坟包前，以为我要挖坟，便飞也似地跑过来，抓过锄头，气急败坏地说："这一回，你无论如何，就依了丹丹的心吧……"

我忙问，究竟是咋回事。

丹丹妈告诉我，就在我出差的那个晚上，还在发烧的丹丹不见了。丹丹妈急得四处寻找，好容易才在一里以外的山路上找到了丹丹。她只身一人，气喘吁吁，扛着小白云的尸体，一寸一寸地往回挪……天黑。雨密。路窄。地滑。丹丹浑身水淋湿透，是雨？是汗？还是泪？

我一阵愕然。

但我无法理解丹丹，这个平时天一黑就怕出院子的小姑娘，为什么会在一个风雨交加的夜晚，只身去草深林密的小山沟，而且又是去搬回那一具尸首……她哪来的这种胆量和力气？

不！这岂只是一股子胆量和力气！

起风了，小白花飘飘摇摇。我轻手轻脚地退回来。我怕惊醒了酣睡的小白云，更怕骚扰了小女儿圣洁的心。

此后，我每每发现，那小坟头上的花束不停地变换着，纸扎的、塑料的、野生的，红的、白的、五彩的……

丹丹的成绩又有新的飞跃。廖老师欣喜地告诉我，丹丹从第五名跃居到第二名，尔后，又跃到第一名，而且此后一直名列前茅……

但我再也高兴不起来，看着丹丹来去匆匆，沉闷寡欢的样子，我就感到愧悔和不安。我怀疑丹丹先前的成绩往下跌，究竟是因为小白云妨碍了她，还是因为我的自私和刻薄？我所需要的东西算是得到了，可是，丹丹呢？小白云呢？那一百分、两百分能换回丹丹失去的欢笑吗？那第一名，第二名能赎回小白云那幼小可怜的生命吗？！

关于小说

## 在故事中造人物

有读者朋友问我:"你写小说是先有故事呢,还是先有人物?"我一时难以回答。对我来说这是说不准的事,有的篇目是先有人物;有的篇目是先有故事;有的篇目在动笔时人物和故事都没有,只有一种较为粗略、朦胧的感觉而已。

前几年我写了篇《孝姐儿》,刊发在上海《少年文艺》杂志上,反响还不错。这是一篇反映川西地域风情的少年小说,塑造了一个勇于反抗封建礼教,敢于面对强暴而又十分孝顺的女孩儿形象。这篇小说就是先有故事而后有人物的。

旧时的川西有点长明灯的习俗。儿女们为父母长辈消灾祛病,往往肩胛上挂着亮晃晃的清油灯,三跪九叩地拜庙宇、求菩萨,弄得皮焦肉烂的,用极为特殊而残酷的形式表达孝心和诚意,以此去感动上苍,赐福父母长辈。

我听过几个版本的"长明灯"故事,但大多是支离破碎的,人物形象也十分模糊。因此,我在构思故事的同时设计出一个主要人物"孝姐儿",并通过故事的发展进程来塑造她的形象,演绎她的成长。

小说开篇是个小故事:"我"在无意间"挑翻了丝瓜藤上的黄蜂窝……几十只黄蜂愤然飞出来,恶狠狠朝我扑来……我大叫一声,扭头就跑,黄蜂随风顺势紧追不舍……孝姐儿冲过来一把抱住我,叫我快趴下，然后，呼啦一声拉下她的衫儿，严严实实捂紧我的头……孝姐儿的脸面头颈挨了六七蜇，肿得不像个人样……却一点儿不在乎……"这种情景在蜂飞蝶舞的川西三四月里随处可见。我便用这个小故事来展现了孝姐儿胆大心细、见义勇为的男子汉气魄，为她以后的性格发展和形象塑造作了第一层铺垫。

接下去的第二个故事则表现孝姐儿对邪恶势力的蔑视和抗争。孝姐儿不满十四岁就因冲喜嫁到郑家。不上一年，做干菜生意的公公被强盗杀害于半路，男人又病又吓不久也去世了，家里只留下她和多病的婆婆。郑家殷实的财产成了族人抢夺的肥肉。族长他们硬要塞一个憨儿给孝姐儿做丈夫，以此霸占其家财。族长还威胁说："你们要是不从的话……只得按族里的规矩办。"孝姐儿却不理他那一套，一手推开逼上来的憨儿二蛮子，一手指着族长问："……我爹才走了一个月，男人才去了几天，你们就逼着我娘过继儿子，逼我改嫁男人，这天底下哪有这样的礼法？我们郑家也算大族哩，说出去不怕被别人笑掉牙齿？……"孝姐儿斩钉截铁地说："我明明白白地对大家说，我爹死了，我要为他守孝三年；我郑哥儿，我也要为他守丧三年，一共六年！六年之后再说。况且，我婆婆娘在，我要侍候她一辈子的。这眼下，我们家里不需要男人！如果你们要逼我，我就死在你们面前……"她说着，猛然从脑后拔出银光闪闪的簪子，直朝喉头扎去……孝姐儿面对汹汹而来的邪恶势力不卑不亢、刚毅果敢而又机敏过人的形象从故事发展的进程中鲜活地体现出来。

然而，这还不足以表现孝姐儿的个性特色，我就从川西民俗中借用为父母长辈点长明灯的故事，通过对整个过程的细致描写，突出表现孝姐儿个性中的孝道与真诚，同时传达出她誓死捍卫郑家财产的信息。这第三个小故事是小说的重点部分，我采用了浓墨重彩的渲染

# 关于小说

方式。"巷道那端,出现一个小影子……那影子渐渐近了,才看清是一个人儿……再近前几步,就看出那是个小女人。她披散着头发,穿着红衣红裤,项上挂着铁锁,赤脚拴着铁链,双手捧着一盏熊熊燃烧的海碗长明灯,三步一拜五步一跪地缓缓过来了……""小媳妇满身灰尘,活像是从灰堆里钻出来的,衣袖、裤腿已磨成襟襟吊吊,走一步摇几摇,犹似几只半死不活的蝴蝶。她的额头上出了血,手肘出了血,膝盖出了血,脚板出了血……血和泥灰掺和在一起,成了个灰乎乎的血人儿。""孝姐儿仍旧缓慢地跪拜着向前挪动,热乎乎的黄泥地上留下了点点血渍。她的动作明显地艰难、笨拙起来,但仍然那般一丝不苟,坚定执着。前边的看客们自动为她让道,后边的人群默默无言地围护她前行……三步一停,五步一动。路好长好长,时间好慢好慢。半里路程竟走了一顿饭光景……""走到城隍庙前,小媳妇跪下去就爬不起来了。海碗长明灯撂在头前,呼呼地燃烧着……"这个故事从正面描述了孝姐儿的刚强执著,她的举措惊天地泣鬼神,令许多大男人不得不汗颜和羞愧。

但要想塑造一个完美的艺术形象,光有以上的描写还不够。我便在小说末尾安排一个小故事,既与开端呼应,又使孝姐儿的形象更为丰满:孝姐儿三十岁那年的冬夜,一伙蒙面强盗闯进她家,抢了东西放了火……孝姐儿从娘家赶回来,没有眼泪没有哭。她默默地从瓦砾堆中刨出婆婆娘的尸骨,安葬在祖坟地里,然后就离开了郑家村……两个月后,族长的宅院在一个月黑风高之夜被人放火烧了,族长也差点儿丢了性命……结尾留个悬念,让读者去品味。

上述几个故事有长有短,有偏有重,却是一个整体,缺一不可。它被"孝姐儿"这条丝线牢固地串连着。如果没有这条丝线,便成了松散的珠子成不了气候。反过来,光有丝线而没有珠子,再好的丝线也发不出光彩。

读读下面这段文字，你能不被主人公的孝心和真诚所打动？

……再近前几步，就看出那是个小女人。她披散着头发，穿着红衣红裤，项上挂着铁锁，赤脚拴着铁链，双手捧着一盏熊熊燃烧的海碗长明灯，三步一拜五步一跪地缓缓过来了。

"啊！小媳妇！"

人们情不自禁不约而同地喊出了声。

喧嚣的人群立即沉寂下来，凝神屏息立在巷道两边。整条街道、整个坝子、整座城隍庙陷入一种凝重的肃穆之中。广漠天宇下，茫茫人海中，只有一种声音在颤动，那就是小媳妇时起时跪的脚踏声和铿铿锵锵的锁链响。

小媳妇满身灰尘，活像是从灰堆里钻出来的，衣袖、裤腿已磨成襟襟吊吊，走一步摇几摇，犹似几只半死不活的蝴蝶。她的额头上出了血，手肘出了血，膝盖出了血，脚板出了血……血和泥灰掺和在一起，成了个灰乎乎的血人儿。

经过我们面前时，我忽然瞅见了她的眼睛，清清的、亮亮的，充满坚毅和自信。这是一双不屈不挠的眼睛，也是一双熟悉的眼睛啊！我的心猛然紧了起来，扭头瞅瞅奶奶和娘。奶奶和娘也在瞅我，然后，又都把目光落到小媳妇身上。奶奶干瘪瘪的嘴巴忽然动了动，竟忍不住大喊起来：

"是她！是她！是我的孝姐儿啊……"

奶奶喊叫着，不顾一切地钻进人巷，拐着小脚去追赶小媳妇。

看客们这才从沉甸甸的惊愕中醒过来，忙问是咋回事。奶奶边哭边说:"……是我的侄孙女儿啊!是我害了她!我曾经为她讲过代母受罚的故事,谁知她,她就效仿起来了……"

孝姐儿仍旧缓慢地跪拜着向前挪动,热乎乎的黄泥地上留下了点点血渍。她的动作明显地艰难、笨拙起来,但仍然那般一丝不苟,坚定执着。前边的看客们自动为她让道,后边的人群默默无言地围护她前行。我和娘跟着奶奶夹杂在人丛里缓缓向前移动,三步一停,五步一动。路好长好长,时间好慢好慢。半里路程竟走了一顿饭光景。

走到城隍庙前,小媳妇跪下去就爬不起来了。海碗长明灯摆在头前,呼呼地燃烧着。

……

人群忽地分开,让出条窄窄的人巷。我和娘随着奶奶挤到庙门口。孝姐儿昏乎乎地趴在门槛下。长明灯的火舌把她的头发舔得不成样子,两只手也被那灯碗烙得焦乎乎的,发出一缕缕焦臭味儿。奶奶跪下去,一把搂起她,大声喊叫着:"孝姐儿,孝姐儿,我的孝姐儿哟……"

孝姐儿慢慢睁开眼睛,瞅见是奶奶,她那对眼睛突然显出异样的光彩。她激动地抓着奶奶的手,颤声说:"姑婆哟,我是照你说的故事做的。我都拜了十一座庙宇了,这座拜了就是十二座了。拜了,一百一十二尊菩萨……你说,我婆婆娘的病能好吗?"

奶奶泪花盈盈,连连说:"能好的,能好的,有你这么个孝顺的孩子为她消灾求福,她一定会长命百岁……"

孝姐儿舒心一笑:"这就好!他们就没有借口逼我们了……"她说完又昏厥过去。奶奶一急,忙喊:"水!水……"

孝姐儿又醒过来,挣扎着说:"……不!灯,我的灯……我要进庙……"

# 为人物找故事

反映矿工苦难的少年短篇小说《血色金沙》属于先有人物，后有故事一类的小说。这篇小说在北京《儿童文学》刊出后，有读者问我小说中的主人公赵芒子有没有人物原型？故事是真实的还是编造的？我告诉他们，故事纯属虚构，人物原型却是有的。

写这篇小说的缘起我还清晰记得，那是个深秋的下午，在一个十分荒僻的老渡口上，我无意间遇见了曾经教过的一个学生，他衣衫褴褛，泥水狼藉，一双破旧的高筒靴套在脚上，走起路来可以听到鞋筒里汩汩的水响。他头发蓬乱，胡子拉碴，满脸无奈，目光里充满凄凉与仇恨。算年纪他不过三十出头，但表面看去却已成了半百老汉。他是从陕西的一个私营金矿里逃回来的……那天在路上，我们谈得不多，他只是简单地告诉我："那矿上真不是人待的地方。老板太黑。我和师傅逃跑出来。师傅死在了半路上……"

他那副样子给我留下了极深的记忆，接连好些天都在我眼前飘游晃动，弄得我寝食不安。这个恍惚的不算实在的影子便成了我将要写的小说人物雏形。我决定去看看他，了解了解情况。然而，不巧的是，他又去了西藏打工。我十分地难受和牵挂。回来的路上，我就盘算，一定要为他和苦难的矿工写篇小说。但临到动笔时，心里又没有了底。人物的初步形象算是有了，如何去具体表现却是难事。

结合我平时对挖矿和童工生活的了解，我在那个人物雏形的基础上设计出一个较为具体的少年矿工形象，十三四岁、孤儿、吃苦耐劳、刚强勇敢、嫉恶如仇，同时又有颗善良之心……并且给了他一个响亮的名字"赵芒子"。为了使这个人物形象变得有血有肉，能栩栩如生地出现在读者面前，让读者信服，就必须为他"找"几个故事，表现他的性格特征和成长心路。这些故事一是要互相关联，紧密穿缀在一条主线上，二是必须合符主人公的年龄、身份、性格及生存环境。

一是进山：赵芒子尾随一群淘金人进入无名河谷。金霸老郝向他索要两千元进山费，他没有。老郝要将他赶出山谷。老板的小女孩出面求情也无济于事。老郝兴的规矩就是没得钱就得滚。赵芒子一边挣扎一边高声喊叫："这山地河坝又不是你们的！"这显示了他倔强的性格；

二是报仇：师傅被金霸暗放毒蛇咬伤之后，老郝逼迫他交出金矿图纸，否则就不予治疗。师傅带赵芒子逃离金矿。半道上，赵芒子不顾师傅劝阻又踅回去，爬上紧靠老郝活动棚屋的断头岩，"飞身蹿到那堆巴斗石前。咬牙切齿，竭尽全力一推，那些沉重的石块便活跃起来，带着泪和仇恨呼啸而下。狂乱的风雨声中，赵芒子听到岩下传来嘎咕砰咚的梁断木折之声，还间杂着几声凄切的惨叫……"赵芒子坚毅强悍，嫉恶如仇的形象也就出来了。

紧接着是出逃：师傅临死前，把染着血污腥臭的蜡丸和金块塞给他，嘱咐他逃往山外小巴掌场。不料，他在半路上被老郝一伙人截获，夺走了他藏在衣襟绳子里的蜡丸子。"两把冷嗖嗖的刀子逼着他走上苍凉的荒僻小路。那赤裸的身子在艳艳骄阳下如一尊活动的涂着血色的玉砌冰雕……离开突兀怪异的谷口好远，赵芒子才突然扭过头去，朝无名谷诡谲轻蔑地一笑，然后走向一片杂乱的草丛……"那蜡丸里的图是假的，几天以后就使那伙坏人面临灭顶之灾，跌入陷洞，被深深埋进山的怀抱。无疑这故事表现的是赵芒子的狡黠和聪慧。对那伙人的惩罚似乎过于残忍，但多行不义必自毙，那伙人的覆灭是早就注定了的。

小说的结尾是无名谷爆发了一场残酷的争战。老郝那座华丽的活动棚屋被洗劫一空，夷为平地。他那年幼的女儿也被疯狂的淘金者们剥光了衣衫，因为大家都认为她身上藏着真正的图纸……赵芒子在草丛里找到她，"惊喊一声，默默走出几丈远，朝着师傅瞑目的地方，凄楚地叫了声师傅，猛然跪下去。然后，从裤裆上的褶皱里掏出个鸽蛋大小的蜡丸子，放在一块光滑平坦的石块上，抱起一块大卵石，瞅得准准的，竭尽全力砸去……一刹那间，那蜡丸子，那蜡丸子包裹下的师傅绘制的藏金图纸，那充满希冀的五彩缤纷的发财梦幻……便成了粉末……无边的静默中，小女孩静静地走过来，朝他浅浅地会心地一笑。他一把搂紧她，把染有师傅血污的金块塞在她手里，拉着她向谷外小路走去。绿草萋萋。无边旷野上弥漫了凝重的血色……"

末尾安排的这个小故事，是前面几个小故事的发展和延续，也是人物塑造的必然需要，它不仅在于表现赵芒子的善良与爱心，还在于托出他的警醒与觉悟。至此，赵芒子的形象得以完善和升华，一个活生生的从苦难中走出来的充满希冀和力量的少年矿工形象就立在读者面前了。

从下面这个小故事可以看出赵芒子的性格以及同师傅的亲密关系：

谁都不会相信他们的地窝子会突然冒出条冰冷的长蛇，更不会相信闻名峡谷内外的老金油子会丧生在窄小的蛇口下。那个给他们带来恐怖和死亡的夜晚赵芒子一辈子也忘不了！蛇被师傅扯成几段，地窝里弥漫着浓重的血腥。师傅脸色灰白，汗粒如雨点倾注，喘息声恰似受伤的公狼。尽管师傅老练沉着迅速地敷药捆扎，都阻止不了右腿迅速膨胀发亮僵直。蛇毒上攻，师傅渐渐陷于昏厥。

赵芒子号叫一声，猛然扑上去，撕开师傅捆扎的伤口就要吸吮。师傅猛地清醒，一声狂怒，甩他一记耳光。

"……滚开……我……死了，你……就走吧……"

"我不！"赵芒子倔强地摇头。

师傅又把伤口捆扎好，盯着徒儿："……听话啊！我死后……你千万千万不要……找他们……快走……"

赵芒子还要摇头，但师傅用呆滞的眼光定定瞅着他，充满着严肃的嘱托与深切的哀求。他不得不点头应了声"嗯"。

但他违背了对师傅的许诺。

万籁无声。大自然沉入深沉的梦境。乌云和密雨垄断了天空，把世界变得悲凄愁惨。钻出零乱恶臭的地窝子，赵芒子长长舒了一口气，仰起滚烫的脸盘，承接着无边夜幕上垂挂下来的密匝匝的冰凉雨滴，神经突然为之一颤，既兴奋激动，又惶恐不安。但他到底走出几步，复又迟疑地回过头，向那孤寂的地窝子扔去两眼留恋和无可奈何。号笑几声，狼一般蹿进无边黑暗。

半里路就像走了两天的路，杂乱的坑洼坡坎沙滩石砾溜床箕筐，星罗棋布的地窝子帐篷活动房简易屋，迂回曲折的水域食道沟渠盘陀路障碍物……好不容易才摸到断头岩后。沿石隙攀援而上，爬到岩顶，浑身上下汗淋水湿，热烘烘的汗臭味中夹杂着一股刺鼻的血腥，想是身上某个部位被陡峭的岩壁磕得出了血。

能便宜了他们么？一想到老郝那眉眼浪笑，赵芒子就恨不得变成一块巨大的岩石，轰隆隆一阵滚动，把他们全都辗死轧碎压成粉末，哪怕他因此而暴尸荒野。

为师傅？为自己？他说不明白。

关于小说

## 场面的铺排

在写作中，尤其是在文学作品的写作中，场面描写是少不了的。这里所说的场面其实也就是特定人物关系所构成的生活画面，这种画面将随着人物关系的发展变化而出现或是转换。

我的少年小说中，有相当一部分是反映川西地区风俗民情的，被儿童文学界称为"少年乡土小说"或"川西风情小说"。这其中的一个特点就是比较注重有特色的场面描写。

场面描写说简单也简单，说复杂也复杂，要是铺排不好，处理得不当，那人物就立不起来，作品也会乱成一团麻。

《赶庙会的孩子》是我的中篇处女作，五万多字，反映一群穷苦少年在池桑镇大庙会期间的生活和遭遇，表现孩子们在与丑恶势力的斗争中所展露的坚强、勇敢、机智和团结互助。由于篇幅较长，人物较多，故而场面描写也就多一些。

写这部作品时，我十分激动和兴奋，有很多故事急于想告诉读者，但落笔写作时，又感到艰难而踌躇。故事情节的跌宕起伏，场面描写的安排铺陈，都使我感到有些力不从心。为了表现人物活动，彰显地域特色，突出生活气息，使读者如临其境、如见其人，这就需要不少真实、生动的场面描写。场面有大小之分，大场面里有小场面，几个小场面又可以合成一个大场面。小场面容易写，但大场面就难以驾驭了。

○ 和少年朋友谈写作

押"犯人"是池桑镇大庙会的一个特色项目,是作品中需要着力表现和描述的。现实中的押"犯人",不仅参加人数众多,数以千计,而且场景千头万绪,杂乱无章,无从着笔。

在写不下去的时候我不硬写。我静下心来,在我的眼前幻化出一幅图景。此时,我往往要闭上眼睛,毫无杂念地沉浸到那图景中去……于是,我渐渐看出了我所需要的场面。这场面就是一个活动舞台,作品中的主要人物和次要人物都鲜活地在那上面活动着表演着……我开始分解细化画面,找出主从,决定详略取舍,分清条理层次。直到脑子里清晰了,有把握了,我才重新提笔。

为了展示环境,渲染气氛,我先这样描述全景:"突然间,城隍庙里,'吱吱、咕咕……吱吱、咕咕……'响起来,钟声、鼓声,响了个山鸣谷应。拥挤在庙门口的人群忽地分成两半。四扇庙门大开。随着乒乒乓乓的枪响,'犯人'们踊跃而出……"接着缩小描写范围,概写一般"犯人":"大户人家的'犯人',也就是那些阔少爷啦、娇小姐啦,身穿'犯人'的红衣红裤,脖子上系着铁链银锁,后面跟着二三十人押送。他们或是走在头里,或是叫人背着抬着,吆吆喝喝,簇拥而去。押送人边跑边鸣枪放炮——砰砰砰,惊得人魂飞魄散。那阵势,浩大而又热烈,喧腾而又恐怖……'犯人'涌出几批,押送的急急追赶。看客闲人们连忙往街两边躲避,让出道路。整条街道,像是突然着了魔,霎时间,阴森森,铁锁叮当,枪声大作。人们又惊又怕,又想看又不敢看。"

完成全景到中景的描述之后,需得落笔到具体人物身上,而这些人物要么是主人公,要么是与主人公有密切关联的人。他们在这里出现,一是故事发展的需要,再是要埋下伏笔。因此我特别写了赵师爷的帮凶邱二顺和狗:

## 关于小说

"我们挤在庙门口，焦急地等贵贵哥出来。忽然间，庙里蹿出一条狗——它也穿着大红囚衣，颈项上的铁链叮当作响。见了人群，龇牙露齿地就要扑来，吓得人们连连后退。这就是赵师爷家的大老黑，邱二顺牵着。黑狗的屁股后头，竟然跟了十条大枪，煞是威风。我想起来了，这老黑去年遭人劈了一刀，差点儿丧命。赵师爷向城隍爷许了愿，今年为它押'犯人'。邱二顺扬扬得意地牵着狗一路向前奔跑，后面压阵的一阵儿排枪响，惊得那狗野马般地狂奔乱窜，把邱二顺弄了个仰巴叉。顿时，轰笑声、啧啧声、斥骂声，混成一片。邱二顺又羞又恼，又不敢对大老黑耍威风，爬起来，拍拍屁股，忙忙奔去。"

看起来，上述几个场面虽然小，分开来看又是各自独立的，似乎没有什么关系，但事实上是紧密联系着的，它们不仅拼接成一个大场面，还为主人公的出场以及后来情节的发展作好了铺垫。于是，我把笔锋转换到主人公贵贵身上，如同电影中使用的特写镜头，进行细致而具体的描写：

"从庙里出来的'犯人'渐渐稀疏了。爹才背着贵贵哥一步一步走出庙门来。贵贵穿着红衣红裤，脖子上拴着铁链子，有气无力地趴在爹的背上。婆婆在后面扶着他，生怕他坠下地摔碎了一般。田大叔刚出庙门，笑哄哄地举起枪，一扣扳机，呼地喷出一道火光，'砰！'一声脆响，震得我连忙用手捂住了耳朵。田大叔朝我笑笑，那意思像在问我：'怎么样，该比他们的响吧？'他拧开葫芦盖，熟练地装上火药和铁砂子。然后，他又把黄葫芦的塞儿拔掉，对着嘴，咕噜噜地灌了几口，抹了抹嘴，笑了笑，举起枪，又是砰的一火。这一枪比刚才那一火还要脆，惊得贵贵浑身哆嗦，嗷嗷叫唤。爹背着他向前紧走，婆婆扭着一双尖尖脚在后面蹒蹒跚跚地追着，喊叫着啥。

我又好笑、又担心，拉着田田紧跟上去……"

场面铺排得当，既有全景的描述，也有细致的特写，大小相交，环环紧扣，纷繁复杂的场面描写就会显得有条不紊，主次明晰了。自己写得不费力，读者读也清朗了。

《赶庙会的孩子》中还有不少场面描写，试选两个仅作参照：

菩萨起驾出动了。几个大力士把它们抬出庙门，安放在特制的黑漆抬盘上。这抬盘，三尺多高，六尺长短，穿了抬杠。请出庙来的是城隍爷和城隍婆，还有两尊不知名号的菩萨。这四尊菩萨都是木雕的，说是叫什么"行身"。它们分别被安置在四个抬盘上……

钟鸣了，鼓响了，鞭炮声噼里啪啦，惊天动地。

调换是不可能的了。我嘱咐贵贵哥一声"别怕"，就跳上了抬盘。

这时候，笙呀、笛呀、唢呐呀……有节有拍地吹奏起来，悠扬悦耳，缥缥缈缈。这大概就是老人们常常说的"仙乐"吧！

贵贵哥抖抖索索地爬上抬盘，战战兢兢地站到城隍爷背后。长命锁向他友好地笑笑。

每个抬盘，都由十二个精壮的汉子抬着。我们护神的站在菩萨身后，左右各一，用双手紧紧地扶持着菩萨的屁股，不让它晃倒。别看这活儿算不了什么，可好多人都争抢这个机会。特别是那些单棵独苗，三灾八难的孩子，每年都巴不得能碰上这个机缘来表现虔诚和忠心，巴望菩萨能保佑赐福。当然啰，要上这抬盘，就得先向赵师爷他们买抬盘，价是昂贵的。要是有人争抢，抬盘费甚至会滚几番,大人们说活像"驴打滚儿"。

我站在第二个抬盘上,扶着城隍娘娘。放眼望去,长街两旁排满了香案,青烟袅袅,光烛闪烁。男女老幼挤在香案后面,默默静候。在前面开路的,是邱二顺和赵师爷家的狗。紧接着,是二十八个乡丁,肩挎长枪,手里挥动着长长的竹刷,吆喝着、斥骂着。生意摊子被赶得落花流水;过往行人被撵得鸡飞狗跳。乡丁一过,就是猪首三牲,那是城隍爷孝敬"老丈人"的礼品。再接着,就是戏班扮的"阴差鬼使"——武将持刀,文官捧笏,丫环扶着小姐,书童随着相公……笙歌缭绕,色彩缤纷,缓缓向前。

……苦儿池边的人也是堆山塞海的。抬神的队伍一到,就更拥挤不堪了。前些年赶庙会,这里常常出事,不是踩伤了人,就是把人挤进臭水里。这一阵,路口堵住了。

邱二顺和乡丁们正在开路,嘶哑着嗓门儿,吆喝、斥骂。长竹刷上下飞动,唰啦唰啦,打得人们哭爹骂娘,躲没处躲。好不容易,才劈开窄窄的一条缝,让猪首三牲、"阴差鬼使"钻了过去。抬盘却无论如何也通不过。抬抬盘的男人们又不能歇,只得硬扛着,等打通道路。我们站抬盘的虽然挤不着,但叫那发了狂的太阳烤着,只觉口干舌燥,炙热难当。而且,手麻腿酸,坐不能坐,歇不能歇,好不惨然。我光以为站抬盘是趣事,谁知竟这么难哪!

邱二顺和乡丁们发了狂,拼命把塞在路口的人往四下里赶。人多路窄,大多数被赶到苦儿池边。然而,一眨眼的工夫,人群又反弹回来。邱二顺和乡丁们急成了猪肝脸,无论他们怎么喊叫吆喝，一点儿也不顶用。

　　抬夫们行走不得，只能不停地就地换肩，以减轻肩上的重荷。抬盘颤颤抖抖的，把我的腿肚子也弄得哆嗦个不停。我旁边那小子就更熊，双颊绯红，一副哭相，头上那五撮长命毛湿成一坨；裤裆上湿漉漉的一大片，发出一股股难闻的尿臭味儿。

## 细节决定成败

有这样两件小事：有个农民工去饲料厂应聘，在等待面试时，他见地上撒落着十几颗玉米，觉得很是可惜，就顺手拾起来放进旁边的塑料桶里。主管经理见了，就笑着对他说："你用不着面试了，你已经被录用了。"当然，这个农民工一时还不明究里。某企业招聘部门经理，有个应聘者各方面条件很不错，眼看就要通过了，不料在一点儿小事上出了毛病，结果被刷下来了。原来，他顺利完成答辩之后，随手将材料胡乱塞进公文袋里。当他知道问题出在哪里时，为时已经晚了。"顺手拾起"与"胡乱塞进"都是极为细小的动作，却折射出人物的不同心态与品格。农民工的成功与经理应聘者的失败都在于细节上。

细节决定成败。在林林总总的现实生活中是这样，做文章写小说也是如此。没有细节就没有文学艺术。同样，没有细节描写，就没有活生生的、有血有肉有个性的人物形象。有个文学前辈曾这样对我说："写小说，塑造人物一定要注意细节。细节就好像是零件，没有零件机器就造不出来。"想想我前期创作的那一摞摞失败的稿件，恐怕也跟细节的缺失不无关系。

细节哪里来？要去找，要去观察。现实生活中的人物、景物、事件等都有着难以计数的细枝末节，可以说，这些细枝末节渗透在人物、景物或事件的方方面面。要塑造人物，再现景物，叙述事件，就要挑选出最能表现他（它）们的特点加以细腻的描写。

　　细节除了从观察中寻得之外，有些则要靠合理的想象，因为有些细节会因为时间消逝而消失，再有就是众多而琐屑的细节无法一一观察。我有好些小说是描写旧时川西地域风情的，作品里边的众多细节差不多都是靠儿时生活的回忆和对典型环境的合理想象。短篇小说《血染的童子像》是篇获奖作品，被收入1987年全国优秀儿童小说选，评论家称"这篇作品提供了我们感到陌生和神秘的儿童生活和命运的新画面"。作品的故事并不复杂，讲的是一个十二三岁的小姑娘竹叶，代姑父到几十里外的场镇上去参加童儿会，经历千难万险之后终于将一个带血的木雕童子抱回家中，因为劳累和惊吓过度，她在姑父母的哭唤声中慢慢闭上眼睛……作品之所以感人，完全是缘于它的陌生场面和逼真细节。

　　先看这个细节：

　　"斜对门的那个该死的陈三财，仗着在乡里有些势力，侵占了姑父家的宅基地不说，还把自己的三个儿子推出来，脱得赤条条的，如同炫耀自己的宝物：'有这个不？有这个不？你呀你，你这个老绝户……'姑父陡然无语，浑身痉挛，一个踉跄，倒进屋里。姑姑刚要去扶他，他就势揪住姑姑扁圆的发髻就是一阵拳打脚踢……"

　　"隔壁赵二婶赶来，拉开发疯了的姑父：'住手，你给我住手哇！——你就晓得打骂女人，没出息！要想儿子，你不知道想法子？'

　　"'想法子，想法子，还有啥法子没想尽？你，叫我去偷，还是叫我去抢?……'姑父捶胸顿脚,嚎啕大哭。"

这样的细节在现实生活中随处可见,只要稍为留意,稍稍用心,将它贮存起来,一旦写作时需要,再从脑子里调出来加上去就是了。

有些细节无法亲临其景,亲眼所见,没有现成细节可借鉴,我只得充分搜索和调动童年生活的记忆,把一些相关的情景梳理出来,找出其中有用的东西;再是向一些曾经参与过抢童子或是了解童儿会的老人请教,尽量询问得细一些、深一些;然后将这些材料在脑海里糅合成一幅整体图画,让画面上的主要人物按自己的思路活动起来,初步演绎出故事的整个轮廓,那些细节也就自然而然地出来了。这也就是我所理解的合理想象吧。

"竹叶这才清醒过来,看见人们崩山似的跑。一丈开外的沟坎上,倒着一个汉子,满脸血污,双手紧紧地抱在胸前,但手里分明啥都没有,只有迸射的鲜血和三个藕断丝连的指头……他那厚嘴唇抽搐几下,发疯似地蹬几下腿,就一动不动了。"

"竹叶手里啥都没有了,但她还是将手紧紧抱在胸前,就像倒在沟边那个汉子一样。她木木地走着,一刻也不歇。她饿,她渴,她累,她眼神呆滞,步履沉重。人们用异样的目光审视着她:那撕碎的衣衫,散乱的头发,僵直的双手……她,傻了?!"

这两个细节都是通过搜索整理再进行提炼整合而合理想象出来的。没有这一连串过程,也就没有这样的细节。没有这样的细节,就无法展示抢童子场面的惨烈和小竹叶命运的悲怆,这篇展现旧时川西风情,批判封建文化的小说也就立不起来。

无论是观察得来的细节还是想象出来的细节,都必须真实,否则就满盘皆输,读者就会说是假的,就像眼下影视剧的情节与细节造假，欢众往往嗤之以鼻，猛批"假的假的"。真实是文学的生命。有了真实的细节描写，文章才会感人、使人信服，人物形象才会有血有肉、栩栩如生。

细节描写除了要真实之外，还要新颖、独特。不能过多，多了就显得杂乱无章，难分主从。一篇文章或一篇小说，恰到好处地运用细节描写，不仅能起到烘托环境气氛、刻画人物性格的作用，还可以直接或间接为揭示作品意义或主题思想服务。有些细节表面看去是闲笔或是多余的文字，无关紧要，可有可无，但事实上却是作者的精心设置和安排，不能随意取代。

下面一段文字中有几个细节，分别表现小竹叶、络腮胡和姑父的情态与性格：

夕阳的余晖把远处的山峦，近处的竹林茅舍和平坦辽阔的田野涂上了一层血，一层鲜红鲜红的血。竹叶就踏在这血地上，沐浴于这殷红的血海之中。她突然呆住了，僵直在胸前的手突然恢复了活力。她看见一截肉桩子矗立在前面拐弯处，黑不溜秋的络腮胡，网满红丝的大眼睛，发紫的大麻子……她猛然想起，刚才，就是刚才，一阵天昏地暗之后，她那宝贵的木像便丢了。她似乎有这个感觉，在那片混乱之中，好像也有这红眼睛和大麻子。

竹叶一声狂叫，像一只疯了的小兽，一头撞过去。那汉子就势抱着了她。她转着脖子，拼着全力要去咬那双铁钳似的手。可她突然呆住了。那双粗糙的大手，虎口上被扎了两刀，还在冒血，那手里紧紧握着一件东西，正是竹叶失落了的木头童子。

他把木像塞在小竹叶的手里,贴近她的耳朵,压低声音,严厉地说:"快回去,别叫木像落到那些人手里!——他们来了,快跑!——千万别回头!"

竹叶被他一推,轻飘飘地向前飞去了。她果真没有回头,只听见后面一阵喊叫和几声枪响。

姑父躺在床上,姑姑待在他旁边。当小竹叶把那个木像捧到他们面前的时候,他们惊得浑身抖颤,言语结巴,以为是做梦……

"啊哟,这,这……"

姑父兴奋得脸放红光,一骨碌翻下床来,抢过童子像,亲着,笑着,哭着……转了几圈,陡然跪在家神面前,捶胸拍地,连连惊呼:"啊,儿子,儿子……"

# 真实：写作中最不可缺失的元素

《父亲和城市》是我2001年底刊发在上海《少年文艺》杂志上的短篇小说。这是一篇反映农民工在大城市里生存状态的小说。原打算另写一篇《母亲与土地》作为姊妹篇，描写留守于农村的妇女在失去赖以生存的土地之后，其心态和生活状况。试着开了几次头，总是写不下去，直到今天也没有写出来。我真的有些遗憾与无奈，犹如欠了债而又无法偿还一样惴惴不安。

《父亲和城市》本是一个纯属虚构的短篇小说，编辑却把它安排在"纪实文学"专栏。收到样书后我有些迷惑，但仔细想想也就明白了。

编辑那样编排是有其道理的，那是我那篇作品写得太真实，如同一篇实实在在的纪实文学。其实，这篇小说的人物、环境和故事统统都是虚构的。写这篇小说时，我心底很苦涩，我是含着泪写这篇小说的。当我写到最末一段时，我已完全不能控制自己的感情，几乎哭出了声……

"母亲凄楚地笑笑，啥都没说，只把糯米面送给瘸腿师傅，然后抱着父亲的骨灰盒子拉着我的手，离开成都踏上了回乡的路……郭幺叔、刘文胜和二三十个民工以及熟悉和不熟悉的乡亲们无言地站在张记杂货店门前的坝子里等着我们。我们一到，他们就自动分开，让我和母亲走在头里，然后尾随其后，一直把我们送到家。没有谁说话，没有人哭泣。也许他们在思念父亲,也许他们在比照自己,也许他们什么都没有想……"

即使是几年后的今天,我翻开这篇小说,读到这段文字时,也照样要涕泗横流。在这里,我不禁想起福楼拜写《包法利夫人》的故事来:有个朋友去拜访福楼拜,看见他坐在门口痛哭流涕,伤心得快要哭不出来了。朋友问他出了什么事。他说,包法利夫人死了。朋友弄清了包法利夫人原来是他作品中的主人公时,就笑着说,你可以不让她死嘛,这不就解决了。福楼拜却说,不,她非死不可,她已经无法再活下去了。她不得不死了……他向那位朋友解释,故事情节的发展必然是那样,改不了的。当然,我不能同福楼拜相提并论,但写作规律是相同的。我本想把农民工的生存境况写得好一些、鲜亮一些,但是不可能。在这篇小说中,真实的生活就是那样,情节发展和人物命运也必然是那样。否则,人物形象立不起来,作品也会因失去真实而不会感染人。

我这篇小说的人物和情节都很简单,故事也很平淡:老实巴交的父亲为了还清儿子生病时欠下的两千多元钱,不得不离乡背井到城市建筑工地打工。他与众多农民工一样,浑身泥水,起早摸黑,睡草铺、喝稀饭……到头来却拿不到工钱。包工头跑了之后,父亲仍然守候在工地。那天早晨,父亲在修补松动的脚手架时,脚手架突然垮塌……

"找不到余老板,也没有什么公司和单位出面慰问。在街道派出所干警和一些好心人的帮助下,我们草草地料理了父亲的后事。离开成都的那天早晨,瘸腿师傅和派出所所长来送我们。所长说,经过调查证实,是那晚突发的暴风雨将脚手架顶层的捆扎绳弄松动了,父亲爬上去想将它们捆扎结实,不想刚到四层,脚手架就垮了。又说,虽然大家明白他完全是为了街道上行人的安全，但是包工头跑了，工程又是违法转包的，民工们既没有合法单位又没有买保险，甚至还没办暂住证，因此就不好说别的了。"

开始写这篇小说的时间是1998年初，但写不上几行字就搁置下来，原因是找不到好的切入点，再就是心情太苦太沉重。我长期生活在乡村小镇上，十分了解农民兄弟的疾苦。每每年初看见他们背包挎伞，风尘仆仆外出打工时，我都要暗自祝愿他们抱财归家；然而岁末归来，他们却往往是一脸的疲惫与无奈。问其收入，他们总是凄然地摇头。一见他们那狼狈景况，我的心便冷透半截。那时候，上面没提农民工问题，更无总理为农民工讨债的美谈，但在城市、农村确确实实存在着农民工问题。他们的面孔无时无刻不在我眼前晃动，这其间就有我的亲戚、朋友、邻居、学生……我不能为他们做什么，但我总可以用真实的文字来讲述他们的生存状态和心灵苦痛。谁曾想一动笔就卡了壳，一卡就是三年。

没把小说写出来，我始终有种负债的感觉，创作冲动也从来没有止息。有天我散步时，无意中看到废弃的村小学的旧墙上写有一首打油诗："老板门前灯酒绿，百姓家贫日月愁。懂事娇娃家务早，妻子除夕还打工。"猛然一阵心酸，那股积蓄很久的创作激情与我的眼泪一起突然奔泻而出……

我找准了切入点：通过"父亲"打工的遭遇，反映农民工的真实生存状态。在表达方式上，以儿子深沉的视角去关注"父亲"，用质朴得像民工一样的文字去表述民工。因此，小说中的环境描写、场面描写和细节描写都不是虚构的，在现实生活中随处都可以见到。

比如我写"父亲"的住地：

"门开了，一股浓烈的霉潮气扑面而来，屋子里黑洞洞的啥都看不清。好不容易摸着开关拉线开了灯。昏蒙蒙的灯光映出潮湿的地铺，杂乱的稻草，黑乎乎的塑料布和丢弃的杂物。紧靠屋角铺着一床草席，席上丢着一床失去了颜色的毛巾被，那就是父亲的床铺。旁边有个纸箱，里面放着两三只碗和几双筷子，还有半袋盐，一小袋米，几个瘪瘪的皱巴巴的袋子……"

类似这样的民工窝棚我见过无数次，我只是在作品中原汁原味地表述出来。再来看描写父亲受伤的细节：

"灯光下，父亲左手的食指和中指不见了，血糊糊的只剩了两截浅浅的桩头儿……父亲淡淡一笑，没事人一般，说：'嚷什么呀，就两个指头嘛！又不妨碍干活儿的。'……父亲没吭声，只是埋着头刨着饭。饭后闲谈时，他才告诉我们，那手指是在抬预制构件时被钢丝勒掉的，本来是要送医院的，但余老板一时没有钱，就去了街道诊所。父亲的神情很平静，瞧他那模样，丢了两个指头只不过像丢了两截四季豆。"

农民工宽厚朴实的性格和无奈无助的生存环境也就从这平淡真实的描写中自然而然地凸现出来了。

为了照应整个农民工群体，表明"父亲"不是唯一一个特例，我还用简短的文字描写父亲的工友郭幺叔、刘文胜和瘸腿师傅，让父亲的形象在他们的映衬下更加明朗、鲜活、真实、毫无雕饰地展现于读者眼前。

真实，是文学作品的生命，是写作中最不可缺失的元素。

摘录小说中的两段文字，前者描述父亲离家时的情景，后者则为另一位农民工的形象写照：

父亲离家的那个秋天的早晨，天气出奇的冷。收完了谷子的田地上，横七竖八地散乱地堆放着谷个子，路边几棵意杨已开始落叶。黄中带青的叶片在干冷的晨风中轻飘飘地打几个旋儿，然后默无声息地跌在地上，风无声地赶过来，将紧贴沟沿的几片刮到沟里。沟里的水酽稠稠的，漂浮着厚厚的一层枯草、残叶、塑料片、烂布袋、油渍泥污……沉重得如一条受了伤的蚂蟥，一步挪不了三寸。

父亲走到一棵粗大的意杨下，站在小石拱桥头，头也不回地小声说："回去吧，梦儿还要读书呢。"

母亲动动嘴角，无言地把一个沉甸甸的装过仔猪饲料的塑料口袋递到父亲手里。父亲接过，提着它急步跑到前面两百米处的张记杂货店前。一辆陈旧的大东风停在小店前边的空坝子里，车厢里拥挤着二三十个男子汉，还堆着一大堆色彩不一但都是饱鼓鼓的各式各样的口袋。

父亲把口袋扔进车厢，然后双手攀着车厢板壁，身子一跃，翻进车里，转过身来，朝我们这边望着。大东风猛然吼叫起来，晃晃悠悠地摇摆几下启动了。

猛然间，父亲举起手臂朝我们摇了几下，我和母亲慌忙伸出手臂回应。父亲的手臂老是举着摇着，那么清晰，那么有力，就像习习秋风中的一面旗帜。

……

天完全黑了。四野的灯光把城市的上空照得通明透亮，五彩缤纷，工地却变得更深沉和阴暗。瘸腿师傅拐过来说，父亲一时半会儿还回不来，要我们先上他那儿扒几口饭再等。瘸腿师傅住在工地拐角处的一个低矮而狭窄的小砖房里，门外有一眼断砖砌的简易灶。一只黑乎乎的小铝锅里焖着半锅莲花白，三只小碗盛着饭。我和母亲本没有胃口，但又不好推却，只得象征性地扒几口，拈了两箸菜。瘸腿师傅边吃边叨咕，话虽然有些东拉西扯，着三不着四的，但总括起来也算有两个主题，一是抱怨余老板没有良心，只顾吃喝嫖赌，不顾工人死活；二是哀叹自己命苦，太老实厚道，折断了脚杆也舍不得离开工地。

"……这里实在是离不得人的，为啥呢？物资材料多且不说，光临街那面过往行人就叫你放不下心的，特别是那些读书的娃娃们，不时时刻刻看管着，不随时随地打招呼提醒着，不行啊！"瘸腿师傅长吁一口，无可奈何地说，"他姓余的一拍屁股就跑了，我和梦儿爹却不能跑，也不敢跑啊。我们虽是杂工，但责任重大，节骨眼儿上，不能只为钱不顾理啊！只得等头头们来解决了再说……"

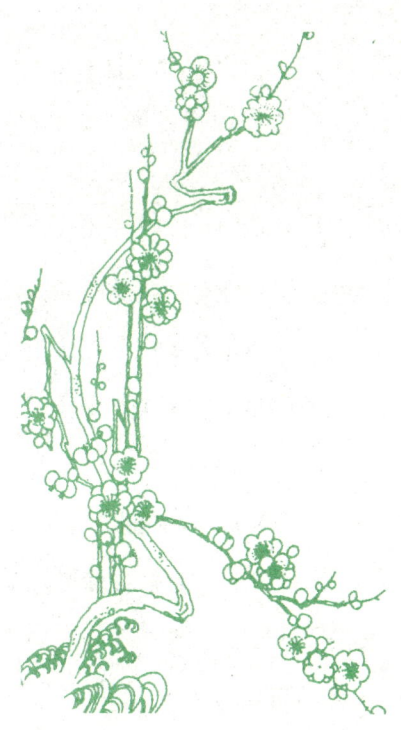

## 仔细看，认真想

这里说的看，指的是观察；想，是指思考。

什么是观察？鲁迅先生说过："要留心各种各样的事情，多看看。"鲁迅先生所说的"留心""多看看"就是观察。什么是思考呢？也就是毛主席所说的"去粗取精，去伪存真"吧。观察和思考是写作的重要技巧之一，如果观察不细致，思考不到家，文章就会千人一面，失去特色。

那么，应该怎样观察和思考呢？

法国著名作家莫泊桑有着这样的故事：

莫泊桑初学写作时，曾经拜大作家福楼拜为师，常常把自己的习作送去请求指教。有次，福楼拜对莫泊桑说，当你走过一个坐在自己店门前的杂货商面前，走过一个吸着烟斗的守门人面前，走过一个马车站前面时，请你给我描绘一下这个杂货商和这个守门人，他们的姿态，他们整个的身体外貌，要用画家的手传达出他们全部的精神本质，使我不至于把他们同任何别的杂货商人、任何别的守门人混同起来。同样，还请你只用一句话就让我知道马车站有一匹马同它前前后后五十来匹是不一样的。又有一次，莫泊桑拜访福楼拜，讲了几个故事，福楼拜听后摇摇头。他不主张莫泊桑写这些故事。他希望莫泊桑做这样的锻炼：骑马出去跑一圈，一两个钟头之后回来，把自己所看到的一切记下来。莫泊桑按照这个办法锻炼自己的观察力有一年之久，终于写出了一篇著名的短篇小说《点心》。

莫泊桑的写作故事告诉我们，写作离不开观察，而观察又离不开常年不断的坚持。我自己的写作实践也证明了这一点。我有篇小说叫《抽须红与新人子》，是写川西传统儿童游戏的。抽须红是一种植物，娃娃极喜欢用它的花做道具玩娶新娘游戏。我小时候也玩过，提笔写时，我却犯难了。我虽然认识这种花，但时隔多年，再加上儿时对抽须红的模样印象很模糊，写不实在，试了几次都不尽如人意。去实地看吧，此花早已难寻，只得搁笔。谁知迟年春天，我在散步时无意中发现一簇抽须红蓬蓬勃勃绽放在一农户的篱笆旁边。我又惊又喜，便在其周围徘徊了二三小时……

两天后，我写出这篇小说，对于抽须红我是这么描述的："抽须红是种春天开的花，<u>丛丛簇簇散漫在溪头、林畔、坟场</u>。高三四尺，叶片宽大如掌，翠碧生青，斜指苍穹。开花时，抽出许多根蒜苔状的茎，顶端攒着十数朵红色小花，团团如艳艳绣球。花芯里伸出十多根针状须蕊，红色艳艳，潇潇洒洒，比古时女人头上一步三晃的步摇还媚十分，楚楚动人。"

要是没有这次全面、细致入微的观察，我绝对写不出这段文字。然后，我再调动儿时的记忆，叙写娃娃们玩抽须红的情景："要迎娶新人子，首先就得去采摘抽须红。每每总要采上几大把，把硬挺青葱的花茎小心地左扳右折，做成半寸长短而皮仍连挂着的二三尺长的挂串，软软款款地轻轻飘曳，宛如今之项链或珠式门挂。顶端留着团团红花，十来根结为一束，红花便团团簇簇如火如荼，轰轰烈烈。"

抽须红是植物，是花，但又不同于一般的植物，一般的花。观察它的时候，我一边看一边在脑子里反复思考、琢磨，把它同其他花作比较，找出它们之间的异同，找出抽须红的特征。只有这样，写出来人和物才不会是千人一面，千花一种了。读者看了这两段文字，一定会说："啊，这就是抽须红啊！"

在写作中，还要把观察和思考结合起来。如果只观察不思考，就不是真正的观察，写文章就要受到局限；反过来，如果思考没有观察做基础，就可能是胡思乱想，写出的东西叫人看起来假里假气的，缺乏真实。

在叙述"娶新人子"的场面时，有这么两段文字：

"我们嘻嘻哈哈分成两拨拥过去。女孩们给阿蕙梳头打扮，把一络络青葱葱明亮亮的珠挂戴在她头上，从鬓边耳畔垂挂下来，再将顶上红花结扎成硕大的一朵，两边分出大小花序，做成凤冠霞帔。一张本来就俊俏鲜嫩的脸蛋儿掩映在忽闪忽闪的珠挂后，更艳丽动人。"

"新郎官身后，尾随一串男孩，众口齐声地模仿着"鞭炮"和"唢呐"……不断有娃娃挤进迎亲队伍。队伍越来越庞大，"鞭炮"和"唢呐"的响声也就越加响亮雄浑。一到阿蕙"家"门口，陪伴阿蕙的女孩们也就呜呜咽咽哭开了。阿蕙哭得尤响，咿咿呀呀，咽咽呜呜，如泣如诉——不知哭些啥，反正新媳妇出门上轿都是这种哭法……四个男孩用四双手交错搭成"花花轿"，抬上阿蕙往保全家门口送……热热烈烈的送亲队伍，震动半条街，吸引着无数男孩女孩。妇女和闲汉也挤过来凑热闹、瞅稀奇，高兴得嘻嘻哈哈，指手画脚。"

这些描写都不是凭空杜撰，而是我儿时的生活积累和写作前的细心观察。积累的与观察到的大多是庞杂的、支离破碎的，既无中心，更无条理，这就需要反复思考，认真整理，"去粗取精，去伪存真"，剔除多余的枝蔓，留下有用的东西，再加以剪裁组合，才能写出好文章。

观察离开思考就写不深，思考离开观察就写不真。这是我的亲生体验。

下面两个细节，也是我观察和思考所得：

送亲队伍鼓噪着欢呼着向保全家赶去。眼看过了石拱桥，就要走到保全的家门口……不料从桥头上疾步冲出一个男子，气咻咻直向花团锦簇的"花轿"扑去。轿夫们一愣，新娘子阿蕙就叫那人揪着了头发，啪啪扇了几个耳光，再几把扯去凤冠霞帔和胸饰手镯，朝地上一掼，跺上几脚，立刻落红点点，珠翠撒烂。

我和几个保镖呀的一声冲上去……但动不了腿脚。

那强盗不是别人，是阿蕙的爹。他骂着不要脸，啐着阿蕙的脸。队伍顿时大乱，娃娃们退得远远的站住。

阿蕙没有哭也没有喊，只苦苦护着发髻上那朵红艳艳的抽须红珠花……保全猛然蹿到阿蕙的爹面前，伸出双臂拦在头里，咄咄逼视阿蕙爹，大喊："要打就打我，要打就打我！不准你打阿蕙，她是我的新娘子……"

话没落音，脸上就挨了一巴掌。阿蕙爹气青了脸，大骂保全没家教。保全爹默默地从破旧的篱笆门洞钻出来，瘸瘸拐拐凑上去，脸色铁青地拉过儿子，悄然钻进低矮的屋门，任凭阿蕙爹在门外指着脊梁骨怒骂……

和少年朋友谈写作

81

○ 韩蓁作品

我们到了场头断头溪，这里抽须红最多，然而已经凋谢了，只见蓬蓬勃勃的宽叶子，不见艳艳灿灿的抽须红。枯萎的花壳里藏几粒黑褐色的豆粒儿，那是抽须红的花籽，也是我们用来"打仗"的宝物……

阿蕙爹的脸色一下变得沮丧失望："啊！……抽须红就谢了？"

"你……要抽须红？"我不胜惊讶和迷惑。

阿蕙爹长叹一声，忽然滚下两颗浑浊的泪滴，青紫的脸渐渐变得慈祥和蔼。他终于告诉我，自那日揍了阿蕙以后，阿蕙恹恹巴巴地病了。饮食越来越少，病势日重一日。晚间迷迷糊糊，喃喃呓语：抽须红，新娘子……请好多医生都不见效。他深深地叹着气："怪我怪我啊！……我不该，我真不该！这种儿戏，阿蕙当了真，我也认了真啊……"

## 自然环境描写与人物形象塑造

在电视连续剧或是影片中，常常会在某些特定时刻出现一些特别镜头。比如，一个英雄牺牲的时刻，画面就会切换到自然景物上，或是挺拔的青松、高远的白云，或是巍峨的峻岭、飞泻的流泉。观众明白，这是象征英雄的高尚情操和不死的精神。再如，主人公工作、事业、爱情不顺心，遇上了挫折，或者是革命者突遇险境，面临生死关头，影像里就会出现黑云翻滚、阴雨绵绵，甚至雷电交加、风雨大作的画面。再比如，屏幕上出现高山瀑布，滚滚江流或翻腾的海浪时，大多数观众都会从那画面上体味出主人公情绪的波动与内心的不安……这些自然图景的展现孤立来看，并没有什么特殊意义，无非是对自然环境与自然现象的真实描绘罢了。然而，一旦把它们放到文学作品中，特别是放到塑造人物上，它的作用就很重要了。

写小说尤为如此。

写小说，最重要的是写好人物。要写好人物，又离不开环境描写。一篇小说，除了要展示五光十色的社会环境之外，还要描写千姿百态的自然环境。通过对季节变化、风霜雨雪、山川湖海、森林原野等自然界景物的生动描写，或者交代故事发生的时间地点，增加故事的真实性；或者渲染气氛，烘托人物的内心世界，表现人物性格与思想情感；或者为故事情节的展开提供背景，推动情节发展。在这方面，我有深切的体会。

抗日战争胜利50周年前夕,我写了篇短篇小说《走出沼泽》,小说发表在江苏《少年文艺》上。小说的大意是:日本鬼子野蛮地屠杀了村子里二千多个中国百姓,只有一个叫喜子的少年逃脱了,成了目睹这场血腥暴行的唯一活口。鬼子为了掩盖罪行,就在百里沼泽中对他进行追杀。他机智勇敢地同敌人周旋,终于在良心未泯的中国人"马脸翻译"的帮助下,逃离虎口,走出沼泽……

小说开头,我用了这样一段自然环境描写:"无边无际的沼泽地已是日暮黄昏。浓重的雾霭沉落在密密匝匝的芦苇中,加深了沼泽地的沉重与寂静。村子里没有了火光,也没有了枪声,就连稀有的一两声狗吠和老鸹叫都没有。"既交待了故事发生的时间、地点,又烘托出了战争背景。

自然环境的描写是为塑造人物服务的。为了表现喜子丰富的心理活动和复杂的性格发展,我特地为他设置了两小段不同的自然环境描写,用以表现他嫉恶如仇、刚毅勇敢的性格。

"生长在村子里的人都知道这片沼泽地的险恶。方圆几十里,杂草丛生,芦苇成林,泥潭密布。上看不见天,下看不见地。明明看见是丛草窠,可一脚踩上去,却汩汩冒出污臭的黑水来,稍不小心,人就会被翻到泥潭里出不来。这一块死亡禁区,人们轻易是不敢涉足的。"在这样险恶的环境中,一个手无寸铁的十三岁少年同一群荷枪实弹的日寇搏弈,缺机智、少坚强,何以行呢?

"再次瞅见那小队日军官兵是次日早晨。这是一个晴好天气。满天火烧云就像塘堰里凝固的血。喜子怀疑那些云块都是被塘堰里的血浸透了的,不然何以那么红那么艳。他在爬出塘堰那一刻曾经回过一次头,那一次给他留下了铭心刻骨的记忆。半塘尸体半塘碧血。残阳落在那上面反射出血红的光。万籁无声,一片宁静。"自然景观的描述,加上血腥场景的刻画,形象生动地阐释出喜子心灵的痛苦与对敌人的无比仇恨,为小说情节和人物性格的发展做好了铺垫。

喜子和他的小伙伴福禄儿在芦苇里坚守、隐蔽,逃过敌人一次次的追杀,缓过一口气:"半刻钟之后,沼泽地又是一片沉寂。日头直射而下。周围腾起丝丝缕缕的水雾,四下臭熏熏一片。喜子咂巴咂巴干裂的嘴唇,木木地仰望着轻轻摆动的芦梢和窄窄的天空。"暂时的松缓,意味着有重大事情将要发生。接下去就是福禄儿的爱犬秃尾巴与敌人军犬的同归于尽以及福禄儿的壮烈牺牲,强烈地震撼着喜子的心灵。他明白,无论如何一定要走出这无边无涯的泥淖,完成贵贵叔沉重紧要的遗嘱:留个活口,把日本侵略者的罪行告诉世人。于是,喜子的性格发展出现了质的飞跃。

"沼泽地里又是无边的静。""天阴,看不见日头。野蛮的风把芦苇掀得东倒西歪,瑟瑟乱响……"喜子落进了敌人的包围,小胡子霍地抽出军刀搁在他的肩头上,喜子先是有些怕,后来就镇静了。当马脸翻译对小胡子说,这娃娃是乞儿,不会说话的……他就真的不会说话了,目光便有些呆滞无神,脸上显出怯怯惧色。小胡子又把刀刃朝他脖根上伸伸。他觉得那刀刃已经切进肉里,但不疼,只是冰凉。他心中已有了应对之策。他已经成长起来,成了一个抗日小战士。

喜子悄悄拖过竹篙提在手里,觑着小胡子的腰背使出吃奶的力气呀的一声狠命戳去……小胡子无声无息蹲了下去。在马脸翻译的帮助下,他终于走出百里沼泽……

于是,我用一段自然环境描写来结尾:

"喜子终于看见了歪脖子枯树。稀疏的树杈上栖息着几只老鸹,惊慌失措地瞅着他扑打几下坚硬的黑翅膀,却破天荒地没有叫。"

高远、冷峻、凝重,令人遐想,耐人寻味,既加深了人物形象塑造,又暗示出社会背景,深化了作品主题。

下面一段自然环境描写,对交待时间、地点和人物心理与处境起到了烘托和渲染的作用:

日头直射而下。周围腾起丝丝缕缕的水雾,四下臭熏熏一片。喜子咂巴咂巴干裂的嘴唇,木木地仰望着轻轻摆动的芦梢和窄窄的天空。福禄儿的肚子咕咕唧唧地响着,目光贪婪而又无奈。后来,他们的目光不约而同地从芦苇慢慢滑到那凼污水。

关于小说

## 简单的故事，曲折的情节

一般说来，短篇小说的文字简洁，情节也比较简单。如果不精心构思，在情节上下点儿工夫，恐怕难以吸引读者。就如一个小巧的园子，跨进门就啥都看得一清二楚了，谁还有游览的兴趣呢。所以，川西的四合院，大多设置有照壁或屏风，暂且把观者的视线挡一挡，产生一种欲见不能的神秘感觉。苏州的园林虽小，但往往这儿弯个弯，设座鱼池、假山；那儿拐两拐，掘条曲折蛇行的小溪；再在前边砌道矮墙，穿插几棵垂柳；又在后面添处凉亭，置几道回廊……每每弄得扑朔迷离，让人以为这园子好阔好大，其实呢，却是个小园子。

写短篇小说也是这个道理，如果不在情节上多绕几个弯儿，不弄得故事跌宕起伏，情节曲折生动，读几句就知道全篇的内容，谁还有闲工夫往下看？

所以我写短篇小说十分注重情节，即使是非常简单的故事，我也要把它的情节弄得复复杂杂，让读者虽然很快看完了作品，却回味良久。

发表在《中国校园文学》上的短篇小说《路，原本不该那样》的故事十分简单：初中生梁小路因参加所谓的"打架斗殴"而被学校除名，为了能继续学习，奶奶带着他跑遍了市里的初级中学，那些学校都以种种理由拒收；梁小路同小收荒们抓住了文物盗窃犯，得到媒体和相关部门的表扬时，所有的初中都向他伸出热情之手……

内容一目了然。为了吸引读者,我就特意把情节弄得曲折复杂一些,让人无法一时看透。

先是县广播站播发了一则消息:一伙小青年在河滩地打架斗殴。公安干警及时赶去制止,并对其中个别人进行了教育和处罚……接着写公安干警从一中带走梁小路去作调查,既而一中贴出公告除名,校长劝梁小路:"……上二中看看吧。有拘留所的证明,又有你的保证,不愁他们不收你啊!"

接下去写小路奶奶求镇长开了便条,气喘吁吁拉着小路的手,激动得有些口吃:"……去,二中吧!镇长说了的。人家一中是重点,有人家的难处……"

二中女校长首先表示出对梁小路的同情,然后又以师资缺、经费少、学生超编、桌凳奇缺……为由拒绝了他,把他推到幸福路初中,说那儿正招插班生……

直线发展的情节突然又倒了回来:黄昏时,梁小路在街口上遇见热情的小收荒们……倒叙打斗之缘由,表明他因路见不平,拔刀相助而蒙冤。等读者心中稍稍有底时,我又将情节再倒回去,续写梁小路艰难的复学之路。

幸福路初中虽然收了梁小路,但由于他进过拘留所要多收两百元费用,那校长说:"这还算轻的呢!一中二中你没去过?他们不收你还不是因为你进过拘留所,怕坏了他们的名声,弄得人家连学生品德的表表册册都不好填,上头来检查要扣好多分的。学校本来是清清白白雪雪亮亮的,哪能叫你那拘留所给弄得乌漆墨黑了!"这话把梁小路的心肝五脏震碎了。奶奶打个寒噤,脚下突然一绊……梁小路把录取通知往校长面前一放,跑上去扶起奶奶就走。

波澜顿起,故事又向前推进一步。奶奶病倒了,梁小路整天在床

## 关于小说

前伺候。小收荒们在看望过奶奶的归途中，遇见一个扒手，与之发生激烈打斗，梁小路冲了上去……他们合力擒下的这个家伙竟然是一个潜逃已久的盗卖国家重要文物的案犯……"很快，这消息插上翅膀，传遍县城的大街小巷。"

峰回路转，情节急转直下。记者给梁小路和小收荒们照相，写文章。县广播站介绍他们勇擒歹徒的事迹。县里决定隆重奖励这些见义勇为的小英雄……

校长们居然登门了。带着微笑带着慰问信、罐头和水果……他们都说梁小路是他们学校的学生，是他们培养出来的少年小英雄。在他们互不相让，互相争吵时，梁小路变得茫然不知所措，他弄不明白，"这是梦，还是现实……只觉得门外那条路在灿灿阳光下竟有些歪扭和倾斜"。他（也包括作者和读者）忍不住发出一句沉甸甸的心语："那路，原本不该那样啊。"这既是小说主人公这几天艰难求学的深切体味，也是对当今学校教育弊病的鞭笞。

情节戛然而止，小说至此结束。一个简单的小故事，在情节上转几个弯儿，不就出味了吗！

小说梗概：

梁小路是县一中初二（三）班学生，因为参与一场莫名其妙的打架斗殴，被派出所干警带去问了话，进了拘留所。一中怕影响其重点中学声誉，将梁小路除了名。与梁小路相依为命的奶奶去镇长处求得一纸介绍信。随后带上保证书，祖孙俩去到二中。二中校长不仅把他们拒之门外，还诉了一大堆苦，然后把他们推到幸福路初中，说那里正在收插班生。梁小路通过考试，交了费用，但进校入学时，学校又因其户口不在本地和进过拘留所为由要额外收费。祖孙俩摸摸空空的衣兜，只得无奈地离开……奶奶病倒了，小收荒们看望奶奶，并出资资助梁小路插班。就在小路照料奶奶期间，他同小收荒们抓到一个盗窃国家文物的罪犯。梁小路和小收荒们成了小英雄。经媒体报道之后，县里决定近期开授奖大会，隆重奖励这些见义勇为的小英雄。小收荒们逃得没了踪影。正当梁小路感到孤独和茫然的时候，县一中的校长带着微笑带着慰问信带着罐头和水果登门了，赞许小路"不愧是我们一中的学生"。与此同时，二中女校长带着三个行政人员赶来祝贺，称梁小路的行为"为二中增添了荣誉"，并请他立即去学校，说全体师生都在等着他。两位校长还没走，幸福中学的领导又敲锣打鼓地拥到门口，校长称道梁小路是"鸡窝里飞出金凤凰来"，不仅免收他的书本费学杂费插班费，另外还奖给他一百元……三位校长争执不下，都说梁小路是他们的学生。梁小路陷入深深的沉思，只觉得门外那条路竟有些歪扭和倾斜。那路原本不该那样。

关于小说

## 让人物活起来

塑造人物形象是小说创作的重中之重，人们常常用"如闻其声""如见其人"和"栩栩如生"等词语来形容文学作品中的典型人物。可见，把人物写得鲜活生动，让他们从字里行间走出来并进入读者心灵是件十分重要的事。

我的小说大多采用传统的叙事方法，无论是中长篇，还是短篇，我都特别注重人物的塑造。我非常喜欢我国古典名著《红楼梦》《水浒传》和《三国演义》，它们的主要人物一直活在我的脑海里，时时呼之欲出。我在创作实践中努力向它们学习，尽量做到每一篇小说都要把主要人物写活，让他们立起来，给读者留下深刻的印象。先前提到过的"铁宝罗""竹叶""赵芒子""孝姐儿"……就是如此。

我写有一个短篇《儿戏》，是由两个小小篇合成的，反映川西地区独特的儿童生活。其中有篇《玉米须和黑小丑》，由于篇幅短小，只有三千来字，塑造人物就比较困难，不能像篇幅长的作品那样铺陈转合，从容不迫，而必须用精短的文字和传神之笔将其勾勒出来，凸现于读者眼前。为此我很费了点儿苦心，从以下三方面对主要人物文文加以塑造：

首先是外貌描写。小说在简单交待我们用玉米须、木制关刀做道具玩打仗游戏的背景之后，引出主要人物文文。游戏中少不得要让他装扮"黑小丑"，成为被"斩杀"的对象。这样一个倒霉蛋角色，为啥非他莫属呢？原来，"他比我矮一个头，小一个年级，身子也瘦，恹巴巴的。在我们这条街上，文文谁都不敢惹""他常常被人瞧不起。不是不让他参加游戏，就是在游戏中想方设法欺负他，弄得他狼狈和惧怕"。受到别人欺侮时，他更不敢反抗，只是"惊慌地瞟瞟我，要喊要叫又不敢……两颗亮晶晶的泪花在他深陷的眼窝儿里转。"

从外表上看，文文就是"这样一个"人。

接着描述他的行为。"他捏着一团白生生的玉米须揉来搓去，两鬓上垂挂下两条黑褐色的大辫子，粗大苗壮如两只大丝瓜。这是用好多绺紫褐色的玉米须编织成的，准费了好大的工夫……男孩做女孩状，没出息"以此表述他的温顺性格。他做起事来偏偏又那么认真执著、一丝不苟，"他用黑灰在鼻梁上涂了一块疤，把对门襟褂子反过来穿着，确实一副滑稽相。他打斗得挺认真，一招一式都像戏台上学的功夫。"就是在阴森森的坟场中，面对丛丛簇簇的如针似刺的活麻（一种植物，只消沾上皮肤就会又麻又痛，如火灼针锥，眨眼间就会涌起片片癞块。），只要角色需要他倒下，哪怕是众人设下的圈套，故意捉弄他，他也只是"忽然啊了一声，瞅瞅我又瞅瞅活麻覆盖了的地面，眼里射出一种复杂的光，是委屈、可怜，还是愤懑、迷惑，我一时说不清楚。总之，我内心忽然一阵战栗。我刚要喊出一声：不死算了……然而，文文却毅然倒下去了……啊哟一声，伸伸两腿……"这一举动，不仅让捉弄他的小伙伴愧疚不安，也让读者感动而难忘。

再是通过语言描写文文的性格，塑造他的形象。"我"去邀文文玩游戏，见他男扮女生样，一伸手扯下他的假辫子，往玉米地里狠狠一甩……他惊慌地瞟瞟我，要喊要叫又不敢，哭了。

于是，"我忽然有些不忍，忙说：'别哭别哭，我是来邀你玩儿去哩。'他惊愕地望着我,满脸狐疑:'邀我玩儿?你们邀我?'"

再看玩游戏过程中,该黑小丑"死"时的一段对话:"该你死了!"我捋捋黑色的长胡子喊。

"不嘛!你要朝下劈三刀嘛!"他认认真真地说。

"我"只得朝他劈三刀。他愣怔片刻,勉强倒在地头,双脚一伸,屏气不动。谁知吃过夜饭,他又急急跑来对我说:"你劈得不对啊,该劈这边,不该劈这边的……"他边说边指左胯和右胯。

第三次对话是在文文被捉弄之后,"他的脸颊和颈脖子红肿了好些天。我们都不敢见他的面。然而,他却找上门来,悄声儿对我说:'你那刀还是没有劈对,应该砍在这儿,不应该劈在这儿。'他指指胸腔又指指肚脐,'我去看过戏,你没弄对。'"神色的认真严肃足以使人感动。

三段对话,笔墨不多,单看文文的,还不足八十字,且有重复,但就这样,文文怯弱的神态、孤独的心理和认真严肃的态度还是突显出来了!

在这篇小说中,文文是中心,是一号人物。"我"是二号人物,是陪衬,是用来烘托文文的。由于篇幅短小,只消写好主要人物就行了。我运用外貌描写、行为描写和语言等创作手法综合对主要人物进行塑造,人物也就活起来了。即使过了十来年,但只要一提到《儿戏》,我闭目一想,文文的形象就在我面前活脱脱地出现了。

## 把文章写得深刻一些

韩葆 作品

在初学写作那几年,我经常接到编辑老师的来信,要求我把文章写得深刻一些,具备一定的深度。为此,我苦闷了几年,也摸索了几年。后来总算闯过这个关口,找出了一些规律,写起小说来就觉得轻松不少,发表率也提高了好些。

乍听"深度"二字,觉得十分深奥,令人望而却步。其实说得浅显一点儿,就是把文章写得深刻一些,让人读了之后有所收益,或被感动,或受启发,或悟出道理,或生出希望……总之不能使读者味同嚼蜡,读了等于没读。

上世纪末至21世纪初,我写了一组人与动物的短篇小说,颇受读者青睐和文学界看重。我自己也比较偏爱,不仅在选本上留给它们一席之地,还在空闲时间常常翻阅欣赏,感受体验。尤其是那篇《无语的荒原》,每读一遍我都会唏嘘不已,泪湿衣襟。原因就在于我不是在简单表述人与狗之间的矛盾冲突,而是在人性与兽性的比较、碰撞以及错位之中引发思考,从而折射出一个不容置疑的问题:动物之间尚具爱心,何况我们人类乎?!

这篇饱含热泪一气呵成的小说,讲述猎人与猎犬阿灵的故事。主人无意间在急流中救起奄奄待毙的野犬崽阿灵,两年后阿灵长成一只雄风四溢的猎犬,成为主人的忠实助手,享誉百里荒原。

阿灵聪慧敏捷,勇猛凶狠。每次狩猎,它总是冲在头里,不是一口咬去野兔的耳瓣，就是一口咬断褐狐的咽喉。对于手下猎物，它毫不留情，唯主人之命是从。然而，在一次追杀野兔之后，主人发觉阿灵有了变化，它不仅失去了往日的灵性和敏捷，变得懵懂呆滞，而且行动懒散、怠倦……实在让主人疑惑不解。

后来的事态发展使主人迷惘而又恼怒，在追扑一只灰耳母兔的时候，阿灵不仅不出力，反而东撞西闯，行动怪异，吠声连连，仿佛在向野兔传递什么信息。母兔被抓住并关进院里的木笼子之后，阿灵趁主人不在将其放走，并与两只上前阻挡的同伴阿黑、阿花进行了残酷的搏斗……

当逃走的母兔再一次出现在主人猎枪射程下，主人正要扣动扳机那一瞬间，"阿灵箭一般地冲过来，撞得他一个跟跄……他枪口朝天开了火""主人惊惧而又恼怒，狠狠地啐了阿灵一口，再次吆喝阿黑阿花冲上去……四下里搜索，终于从一簇深深的草窠间赶出那只不幸的母兔。主人恢复了先前的兴奋和自信，又一次举枪瞄准……谁料阿灵又一次扑上来，咬着主人的衣袖一拖。主人又枪口朝天……"

主人忍无可忍，终于将阿灵逐出院门。阿灵成了野犬，独行在荒原上，不是孤独地悲鸣，就是发疯地破坏主人行猎的夹板、箭弩、暗网和陷阱，甚至咬断主人院子里木笼子的栅门，一次次地放走主人到手的猎物……

这是为什么？阿灵究竟怎么了？

主人巴望弄个明白，读者也未尝不想闹个清楚。于是，我揭开部分谜底，让大家知道阿灵曾经在一丛大叶草旁边"瞅见几个蠕动的灰色圆球，那是一群没开眼的兔崽，光嫩的皮肤上长着浅浅的茸毛。它们拱拱挤挤，吱吱咕咕，哀哀地寻找它们的母亲……"，而它们的母亲就是那只灰耳母兔。这样，阿灵的怪异行动和情感突变，便有了一些合理的解释。

及至后来的一次出猎，阿灵为救灰耳母兔，异常凶猛地蹦蹿过来，跃起身子，从主人手中叼过母兔飞身逃窜……枪声响了，阿灵猝然栽倒……于此，猎犬的善和主人的恶同时凸现出来。本来人类应具有的善却变成了恶，而猎犬的凶狠却变成了对弱小的同情与怜悯。二者的错位，能不让人揪心和警醒么！

数日之后，主人在荒原深处的秃头老树下"发现了阿灵的尸骸。其实，这是两具……不，应该说是多具尸骸。那大的无疑是阿灵，它蜷曲着紧护着另一具骨骸。旁边有几撮散乱的毛，虽然有些污脏，但仍可以看出是银灰色。在小骨骸的怀抱中，有几团污黑的稚嫩的骨架，瞅那模样，无疑是几只失奶饿死后被风干了的兔崽"。

主人终于找到答案。阿灵情感的变化以及后来的背叛行为，不就是为救援那只灰耳母兔吗？不就是为救助那几只孤苦无靠的小兔崽?！遗憾的是阿灵是一只狗，它无法用语言与主人沟通，只好用自己的行为来表达情感与愿望。当主人突然间明了了一切时，"他头脑中轰然一响，呆呆地低下了头，眼中涌出成串泪花……伫立良久，他疯魔般地跳起来，掠下树枝上的片片绿叶，轻轻覆盖于骨骸之上，然后双手掬土，用一抔抔土一颗颗泪将阿灵它们掩埋……主人在老树干上磕断枪杆，将两节枪杆倒插于土包之前，然后默默离去"。

小说写到这里，就不再是一个简单的人和狗的平淡故事了，其内涵也就深刻得多，足够读者去思考和联想了。

下面摘录的一小节，是阿灵与灰耳母兔的一场血腥搏杀，这也是阿灵兽性转换的开端：

## 关于小说

阿灵和阿黑、阿花在浅浅的雪下草窠中撵出几只幼小的灰色兔儿，轻而易举地将它们捕获并扑倒在地。幼兔们气息奄奄，一动不动。阿灵它们嬉戏地趴伏着静等它们苏醒，然后又一阵扑咬玩弄，万般折磨它们，直至把这些幼小的生命踩躏成几块血肉模糊的肉饼，它们才发出得意而又夹杂着谄媚的吠叫转身离去。

不料，一团灰色的影子从天而降，射向头里的阿黑。阿黑一怔，那灰暗的影子早已贴附上它的咽喉。阿黑发出一阵惊恐的嗥叫，头猛力摆动，前爪同时拍击，好不容易才把那团东西拍落。脖子上却被撕下了一小块皮肉，淌出殷红的血……

那是一只灰色的母兔。

灰兔就地滚出几米远，拉开距离冷冷地盯着噬杀它儿女的仇敌。它是弱者，但它此刻红了眼睛，不停地翕合着三瓣嘴，露出森森白牙。它积蓄着力量，寻觅着时机。眨眼工夫，它又蹦跶起来射向阿灵。

阿灵一偏头，母兔沉重地砸在地头上，溅起几粒晶亮的雪渣。阿灵后退一步抬腿要扑，不提防母兔忽地一闪，蹦出老高，然后如坠石直落而下猛击阿灵头顶。阿灵向一侧飞速闪开，横空一跃，扑向母兔。母兔忽地蜷缩成一个圆球落地一滚，躲开阿灵的利爪，四脚朝天地蜷曲着射向阿灵，后腿狠命一蹬……阿灵颈脖子上挨了沉重的一击……恨得它一阵咆哮，猛扑上去，一口咬去母兔修长的耳瓣……

母兔默默无声，忍着巨大的疼痛从阿灵腿缝中挣脱之后，凶猛异常地再次向阿灵出击。阿花跃上一步，咬着母兔的另一只耳朵。母兔一歪又一挣，耳根断裂，血流如注，踉跄几步猝然栽倒。

阿灵和阿黑阿花互相瞅瞅，垂着头沉默着渐渐走近母兔。不想母兔霍地一跳，阿花鼻头上便出现一条长长的豁口，带着浓烈腥味的血液汨汨而出。阿花惨叫不止。

阿灵连声咆哮，抬起身子扑上去咬着母兔血淋淋的头颅，咔嘣一响，结束了这场血的较量。荒原沉默着，一丝风悄悄掠过。阿灵没有离去，也没有叼起失败者的尸身，而是久久地凝视脚下那块血肉模糊的肉体，神情既陌生又迷惑。

那肉体战战兢兢地鼓动几下，竟然睁开昏蒙蒙的眼睛四下里逡巡一阵，然后便艰难地挪动起来，直至接触到那几小块僵硬冰凉的肉饼，才骤然不动……

阿灵突然一颤，眼里透出惊悸与肃穆。

## 悬念，让"领奖者"的故事更精彩

"小礼堂座无虚席。主席台上坐满了各部门的头头脑脑。台中桌上摆着一捆崭新的书籍和一本绸面精装海绵衬底的获奖证书。几百双眼睛全都落在那上面……校长结束了热情洋溢的讲话，捧起获奖证书，朗声喊道：'赵小春！'

"亲切、甜脆、风雅，像唱赞美诗……所有的目光唰地扫到初二（三）班；初二（三）班所有的目光又全都转向赵小春……咦，人呢？这位子怎么空荡荡的！

"校长又喊了一遍。班主任兼语文老师祁秀慌了，刚才还见赵小春好端端地坐在座位上，这阵怎么……吴娟娟几个班委跟着她走出礼堂，四处寻觅，八方呼喊，都不见赵小春的踪影……"

这是我那篇小说《领奖者突然失踪》的开头。获奖人赵小春为什么突然失踪了呢？他躲到了哪里？

赵小春原本是个默默无闻的角色，数理化一般，语体外平平，脸面身材也不引人注目。平日间悄悄来默默走，很少有人同他嬉笑打闹讨论作业。然而有一天，他忽然成了学校新闻人物，友好的目光，动听的话语，一个接一个的头衔……都汇聚到他身上。就连校门口卖雪糕的王老头也要夸他几句……弄得他莫名其妙，又有些不好意思。后来他才知道，他的一篇千字散文《雨中小溪》在省报副刊"新芽"栏目发表了，为学校添了光彩。

一个短篇小说，一个简单的小故事，如果照这样平铺直叙，泛泛写来，不要说发表，就是连自己也不会看的。因此，我故意设计出主人公突然失踪的情节，引发读者的好奇心，既而设下一连串大大小小的迷宫，而这些迷宫又相互交错、关联。我指出一条捉摸不透而又实实在在的路线，牵着读者在迷宫里里探寻摸索而最终到达终点。所以，我在小说篇名和开头就下了功夫，让读者为了探求就里而进入"圈套"。

　　这之后，我笔锋一转，在为读者释疑的同时，我又布下疑阵："紧接着，教室、校园和小镇上的气氛也出现了变化，变得天低云暗。那些热切友善的目光忽然间变得冰冷如铁。充满友爱的笑脸也变得陌生而又冷淡。校门口卖雪糕的王老头也朝他摇头叹息，皱纹纵横的老脸上满是惋惜和鄙屑的神情……"主人公赵小春陷入痛苦和迷惘，读者就更不知道这一切是由于什么缘故了。

　　校长和祁老师脸色淡漠、不厌其烦地追向赵小春看过哪些报纸，参考过哪些文章，摘抄过什么词语章句，模仿了哪些间架结构和人物；家里的气氛也突然变得紧张起来，爸爸黑脸，妈妈叹息，氛围沉闷得划根火柴就要点着。"春儿，你究竟干了啥子坏事，老实点儿，说！"那天晚饭桌上，爸爸终于憋不住了，"你莫道我不晓得？你老师、你同学都是那样子说的，说是惊动县里的头了……你还犟嘴，骗我，你叫我咋个见人嘛！"吧哒一声，连饭带碗砸过来……

　　然而，不管是面对校长老师，还是爸爸妈妈，小春都是倔强地说："我就是没有就是没有就是没有嘛……是我自个儿，你们都不相信我……"尽管他委屈得快掉下眼泪。

　　随着情节发展，读者一定想知道究竟发生了什么事，我便安排了校长打电话的情节，以此回答读者的疑问。

"……喂,你是教育局赵局长吗?……你前天电话指示的那个问题我们查了。赵小春的文章真的跟市报那篇差不多,是抄袭和模仿……不,不,我和老师们深感痛心和惋惜。怪我呀!我们找了他,他不承认……好,好,我们继续做工作……"

此刻,读者一定会说:啊,原来如此啊!

然而,事实并非如此。读者也被我"忽悠"了,在迷宫里转悠起来,急不可耐地想找到最终答案。时机成熟了,我才让读者从迷宫里走出来。原来,省报记者老徐在县城采访期间,无意中见到小春的一则日记,觉得很有基础,指导他修改之后,将其带回省报交与副刊"新芽"专栏,文章刊登出来后,赵小春还不知晓。但没过几天,县教育局领导却告诉校长,那篇文章有抄袭之嫌,与市报上的一篇作品相似……

好在几天以后,校长接到省报徐记者寄来的快信,看后,立刻转给祁老师,又给市教育局挂了加急电话:"喂,赵局长吗?……省报徐记者来信了,赵小春的文章不是抄袭和模仿的。市报那篇散文比小春的只早发几天,小春怎么能抄呢!小春在那文章发表的前几天就交了稿子啦。啊,教育局也接到了徐记者的信?哎……是个常识性的错误,一个小小的疏忽……哈哈,您说对了。……好,挽回影响,吸取教训,重重奖励,激发热情……"

迷雾散去,原来是一场误会!至此,读者总算松了一口气。

一个十分简单的小故事,经过我一番精心策划和编排,就变得回环曲折,波澜起伏,富于趣味性和可读性了。这种手法就是我们常说的"悬念"。

悬念是作家在情节发展中所铺设的悬而待解的疑端,依据作品内容的复杂与否,悬念的设置可多可少。悬念不仅可以激发读者的阅读兴趣和期望心理,更重要的还能把读者的注意力和思想感情引向对人物命运以及社会意义的关注。悬念用得好,既有助于主题的表现和深化,更有助于增强情节的生动性、趣味性,使文章波澜迭起,扣人心弦,又有良好的艺术效果。我们若能在习作时,仔细揣摩,大胆尝试,一定能不负努力,有所收效。

小说梗概:

在学校小礼堂发奖会上,校长捧起获奖证书,朗声高喊"赵小春"时,赵小春的位子却是空的!班主任兼语文老师祁老师和吴娟娟等几个班委四处寻觅,八方呼喊,都不见赵小春的踪影。

赵小春此刻正坐在学校后山的浅溪边暗自垂泪。同学们猜疑、冷漠、鄙视的面孔浮现在他眼前,祁老师讥讽、审讯般的语言还响在耳边……同学老师渐渐成了陌生人。家里,爸爸黑脸,妈妈叹息。小春委屈而又倔强地表示:"我就是没有就是没有就是没有嘛……"

那天,赵小春一跨进教室,同学们就围拢来要他请客。就连平日瞧不上他的、以高傲闻名全校的学习委员吴娟娟也挤过来与他搭讪凑趣。祁老师把他找进办公室,问他是否写过一篇《雨中小溪》的散文?他点点头。校长拿出一张报纸摊在他面前。他看见那篇文章就登在"新芽"专版上,还套了花边。校长称赞他,并说学校要重重奖励他。

赵小春成了学校新闻人物。大家对他很崇拜。吴娟娟请他转寄稿子,校门口卖雪糕的王老头夸他是小作家、秀才举子,还特别送两支雪糕以示奖赏。

这天,赵小春正要去转寄吴娟娟的稿子,吴娟娟急如星火地闯来抽走了稿子,还丢下一句硬梆梆的话:"不沾你的光啦!"紧接着,那些热切友善的目光忽然变得冰冷如铁。充满友爱的笑脸也变得陌生而冷淡。卖雪糕的王老头也朝他摇头叹息,老脸上满是惋惜和鄙屑的神情。赵小春被叫进办公室,校长和祁老师反复询问,耐心启发,循循善诱,要他说明写那篇散文时参考、模仿了哪些报纸上的文章?赵小春却否认说:没,就是我自个儿……

校长只得打电话向市教育局赵局长汇报说,"前天你在电话里指示的那个问题我们查了。赵小春的文章真的跟市报那篇差不多,属于抄袭和模仿。"并表示要认真总结,吸取教训……赵局长建议校长写封信,问问报纸,核实核实。校长表示立即照办。

赵小春至今还记得那天在小溪边遇上省报记者徐老师的情形。他正为找不到材料写日记作难,徐记者便引导他观察,启发他思考,他终于胸有成竹,快快乐乐地写了篇散文《雨中小溪》,晚上带去旅社请徐记者一看,徐记者说写得还可以,又指导他做了一次修改,并请他签上名字和学校班级,徐记者就带走了……

几天后,校长接到省报徐记者寄来的快信,信里说,赵小春的文章决不是抄袭和模仿的,小春在那文章发表的前几天就交了稿子啦。校长立即向赵局长汇报。教育局也接到了徐记者的信。赵局长说,这算个小疏忽,是个常识性的错误,指示学校要挽回影响,吸取教训,重重奖励,激发热情。校长露出满面笑容。

## 小说，因地域特色而生动

韩蓁作品

我的一些儿童小说被评论家称之为"儿童文学中'乡土小说'的代表之作"，认为我的作品"最先给人的感觉就是其底子的深重和丰厚。这不仅仅是乡土气息和泥土味这样表面化的问题，而可以被看作是一种'地域文化场'现象，正是在这一文化场中，韩蓁小说中的故事和人物得以立体展开"。

的确，在每一篇小说的创作中，我都十分注重乡土气息和泥土味的渲染和描述，尤其是那些被称之为"川西风情小说"的中短篇，更加突出了地域文化、地方色彩。通过林林总总、千姿百态的民风民俗的展示，为塑造人物、讲述故事营造一个合适的典型环境。

我生在川西，长在川西，深爱着川西。我熟悉这片土地上的人和物，在我的笔下也无时无刻不在讲述它们的故事。这也是我的小说比较受关注的原因之一。就以《龙舟，漂浮在带血的河湾》为例，这篇小说发表在江苏《少年文艺》杂志上，引发读者关注和兴趣的不仅仅是人间之爱化解了村仇族恨的积极主题，还在于它那浓烈、深厚的地方文化色彩。东浪和西波是落魂湾上两个水火不相容的村子，两村的仇隙怨恨可以追溯到父辈、祖辈甚至更远的年代。终于在这一年，仇恨以少年水娃和泥鳅的两条鲜活生命为代价而消融，两村化干戈为玉帛，重归于好。这是一个非常凄美的故事，尽管我是作者，我明白那是文学创作，但每每我重读一次，都禁不住泪水盈眶，心灵震颤。

## 关于小说

我把这个故事放到川西传统文化的大背景中来讲述,全面、生动、深刻地展现出川西划龙船比赛的过程及其文化内涵。小说一开始,一幅气势恢宏的群众文化活动画面就在读者面前展开:

"又是一年端阳节……落魂湾死一样沉寂。东西水面上落下两团红、黄色的云块,那是两村的龙船。两岸密密匝匝地挤满了人。千百双眼睛全都凝聚到河中青色的号船上了!……号炮三响,钟鼓齐鸣。红、黄两色龙舟犹如弓弦上弹出的两溜响箭,直向三里外漂浮的三角标射去……号子急,船桨飞,水花溅,河上河下,发出一阵阵惊天动地的喊叫,人们声嘶力竭地为各自的船队呐喊助威……"

这是传统划龙船的开端,然而在落魂湾这个特定的地方,这却不是一般意义上的划龙舟比赛。在眼花缭乱的热烈场景下,掩盖着的是无法摆脱的村仇族恨,以及由此引起的民众苦难。为报仇泄愤、争豪气称霸主,两村人竟然年年岁岁拼得头破血流,人仰马翻,甚至于不惜践踏无辜的幼小生命。传统文化的糟粕与扭曲的人性通过小说的细节描写、场面渲染和故事描述,形象地凸现出来,给读者以直观的感觉。

在表现大场面之后,我又以细腻的笔触对小场景和细节进行描写:"号船上又抛出一百只鸭子。它们被抹伤了脖子,灌了烧酒,晕乎乎地在水面扑腾、挣扎、飞窜……要赤手空拳地逮着它们是不容易的。不过,东浪和西波的男人是驾船弄水的好手,一边二十条汉子,踩水击浪,吆喝呐喊,朝垂死挣扎的鸭子发动了夹击……宽阔的河湾上,人喊鸭噪,浪响水飞……落魂湾上的人们真个落了魂!"

夺浮标、抢鸭子是传统划龙舟的重点比赛项目,无论在哪个地方大体都是一样。而在落魂湾这个典型环境中,这些项目除了展示一般的比赛之外,还蕴含有另一种深意。东浪夺了浮标,胜了头筹。半个时辰后，西波的花船上多了几个受伤的汉子，但总算抓回了五十三只半死不活的鸭子，拉了个平手。于是乎，人们都把击垮对方的希望寄托在两个少年身上。这就出现了关键性的第三轮比赛：小辈抓单鸭，最后定输赢……

于是，代表西波的水娃出场了，几个族爷长辈簇拥着水娃走上船头。福寿爷满斟一杯酒，郑重地捧到水娃面前，用眼睛扫扫落魂湾上那个古旧的牌楼，字字千钧地对他说："那蓝牌子……决不能吊在那里。"沉重有力的巴掌落在水娃的肩头："记住，你是西波人，想着你爹……"水娃浑身一颤，眼窝里顿时热辣辣起来！……

与此同时，泥鳅也从东浪花船上钻了出来，光头赤膊红裤衩，瞅着两岸的人群傻傻一笑，腾起身子，蹦了几尺高，猝然落进水中不见了……

接下去，我就以较长的篇幅去描写两个少年抓鸭的过程，这其间包括了两村族人的逼迫打压，两个少年之间的比拼抢夺，以及后来由抢鸭、放鸭，到让鸭的心路变化，最后两人不得不将鸭子压在水底大石块下等等。当然，他们这种叛逆行为为封建传统势力所不容许，他们无法回村，也不敢回村，只得顶着大雨躲进荒芜的沼泽地。

按常例，比赛项目一完，划龙船活动就算结束了。然而，我这是小说，是借用划龙船比赛这种特殊的民俗活动来讲述故事和塑造人物。活动虽完，但故事还得继续展开。于是，就有了两村百姓寻觅少年以及后来两村人和解的叙述：

"月朗星稀，风清浪静。东浪和西波呼啦啦划出几十只大船、小船、竹筏子、打渔舟……在宽阔冷清的落魂湾里往来寻觅和呼唤着水娃、泥鳅……天色微明，朝霞涌现。人们终于在落魂湾的蓬草沼泽里找到了泥鳅和水娃。他们面对面、胸对胸地紧紧搂抱着。两个幼小的躯体早已冻结在一起，任凭人们想什么法子都无法把他们分开。他们赤身裸体，面带微笑，犹如一座极其洁白极其纯净的玉砌冰雕。"

面对此情此景，谁能不落泪？不辛酸？不愧疚？！

"人们默默地小心地把他们抬到那古老的牌楼下，放在落魂湾的最高处。东浪和西波的人们扶老携幼地几乎全都来了，望着这座明净坦荡的雕像啼哭唏嘘，泪如雨下。……当夜，那座古旧的牌楼突然坍塌，砰砰咣咣之声不绝于耳。第二日清晨，就在古牌楼的废址上，巍然耸起一座坟头。坟头上几十簇杂色花草，迎着朝阳艳艳生辉。"

故事结束了，读者的脑子里也烙下两少年的形象。要是我不运用划龙船这种民俗活动作为载体，不把故事和人物放到地域文化场中来展开，这篇小说是无法写好的。

下面两段文字节选自本篇小说，第一段描写水娃喝壮行酒，第二段讲述两村族爷的结局：

几个族爷长辈簇拥着水娃走上船头。福寿爷满斟一杯酒，郑重地捧到水娃面前，用眼睛扫扫落魂湾上那个古旧的牌楼，字字千钧地对他说："那蓝牌子……决不能吊在那里。"沉重有力的巴掌落在水娃的肩头："记住，你是西波人，想着你参……"

水娃浑身一颤，眼窝里顿时热辣辣起来，一时不知说啥才好。他双手接过酒杯，战兢兢地举起来，仰脖子灌了下去，然后，一伸臂，一并腿，嗖地钻入水中。

福寿爷和阔脸汉子尾随人后，悄然走来，木呆呆地站着，脸上没有丝毫表情，像两具空空的躯壳。

"打死他们！"人群里爆发出惊天动地的喊叫。霎时间，山回水应，震荡了落魂湾。人们怒涛般地涌过来，伸出一只只疯狂的手……然而，一个瘸腿汉子和一个瞎眼妇人拦住了他们。

瘸腿汉子叹了一口气，朝福寿爷和阔脸汉子挥了挥手："你们……走吧！"那瞎眼妇人也说："快走吧！……叫大家都忘了你们吧……"

但福寿爷和阔脸汉子反而趋步上前，跪在泥鳅和水娃的坟前。阔脸汉子磕了三个响头，然后站起来向落魂湾的乡亲父老们拱手一揖，跳进了沉默的落魂湾。这个拍水击浪的东浪汉子，从此没有起来过。福寿爷洒了几滴眼泪，抢过人们手中的篾刀，割去头上的青丝，踉踉跄跄走去。此后，两村少了个族爷，几十里外的寺庙里多了两个修行的和尚……

关于小说

# "意料之外"与"情理之中"

起初写作那几年,编辑老师总是不断地提醒我,要写好小说,一定要注意小说的结构。结构是小说的基本骨架,像起房造屋一样,设计一定要精巧、合理,不然就立不起来。要做到结构合理、精巧,一是要"出人意外",再是要"合乎情理",而后者更为重要,这是小说创作中一个最基本的技巧。对老师们的教导,我深以为然,并进行了反复探索。在创作实践中,我深切体味出这寥寥八个字运用起来竟是那么难。我知道我前期发表的小说有好些都不是成功的,除了缺乏深度、细节粗疏之外,另一个毛病就是结构单一,不尽奇巧合理,读者一看开头就明白了结尾,有的乃至强硬别扭……

这个"槛"一直困扰着我,几至弄得我焦头烂额,寝食不安。艰难地过了几年,到后来总算掌握到一些要领,终于水到渠成,迈过"槛"去,顿觉地阔天宽。

《疯人儿》是个八千多字的短篇小说,讲述了一个逃婚女孩的故事,在控诉罪恶的封建婚姻制度的同时,展示和歌颂了人世间的善与爱。作品结构的基调,我就采用了"意料之外,情理之中"的技巧,我安排了几个"出其不意"的情节,看似突然,细细一想却又是合情合理的,合符"情理之中"的原则。在读完小说之后,读者会说:这是真的,不是编的。主人公疯人儿以及少年水生性格的发展合乎客观规律,合乎生活逻辑,不是荒诞的,也不是臆造的,情节虽然曲折离奇，但又理所当然，无可挑剔。其实，这篇小说从人物到故事都是虚构的。写作之初，脑海里只有一个模糊、虚缈的疯女人影子。大概在我童年的记忆里就有那么一个疯女人吧。

但是，如何塑造这个疯女人呢？我首先设定她的年龄、出身，再设定她是封建婚姻的受害者，根据这些再设定相关的故事情节，也包括一些重要细节。通过合理的想象和编排，一个全新的"疯人儿"就清晰地出现在我眼前了。

流落在镇子上的疯人儿不过十四五岁，她走路浪浪悠悠，做事疯疯傻傻，时而活泼狂笑，时而抑郁愁苦……娃娃们见了她，胆小的怯生生四处逃躲；胆大的朝她扔石头、土块、瓜壳、甘蔗皮……不过，她头一回在柳镇露面时并没有这般疯傻，也是个令人怜爱的角色。镇上有红白喜事，大都喜欢拉扯她去坐上半天，吃喝一顿。她去了也从不闲空，见事做事，手勤脚快。只是到了柳家娶媳那天，一个突发事件才使她变了模样。"……揽新人下轿时才发现新人被绳子捆绑着。一解开绳子那新人几把扯去红盖头就朝院门口的水塘跑。几个大汉子扑上去，抓着新人犹如提小鸡般朝堂屋里摔……疯人儿见状，扑地便倒，牙关紧闭，人事不醒。一摞洗净的菜碗跌了个粉碎……"这之后，每每见了喜轿彩旗，疯人儿更显得惊恐万状，双手护头，两腿抖索。于是，娃娃们又添了调笑、报复的机会，时不时地高喊一声："疯人儿，花轿抬你来了！"疯人儿就脸色寡白，逃跑不迭，模样更疯傻可笑。

情节十分出人意外，但仔细读下去，找到答案之后，就觉得她突发的病状是合情合理的了。

少年水生因偷"德仁堂"的香药而被"德仁堂"黑狗咬伤，"德仁堂"又给他敷了烂药，伤口溃烂生了蛆虫，走一步都痛得哼哼，又不敢告诉瞎子娘。正在水生和伙伴们走投无路、无计可施时,"疯人儿一瘸一拐走过来。自那天解救了水生之后,我们就不再惧怕她躲避她了。她朝我们哂笑一阵,伸手去捋水生的裤管,痛得水生哇哇大叫。那伤口黑糊糊的活像潲水锅巴,周围隆起一片蜂窝儿眼……疯人儿陡然色变,重重一跺脚,扔下水生匆匆走了……我们正在疑惑和猜测,她又腮帮鼓鼓地扭动着腿胯走来,拉过水生的小腿,一张口,一团绿色的浆状东西准确地落在伤口上,用手指抚平,摘几片豇豆叶子捆上,才笑眯眯地呀哇两声,望望天、指指地,一摇一摆走了"。

水生顿时感到伤口处凉幽幽地好舒服。第二天早上,伤口收了脓水,小蛆儿僵死了,一条一条直往下掉。疯人儿又如此治疗两三回,水生的伤口竟彻彻底底地好了。哪个都不敢相信疯人儿能治伤痛,并且仅凭一些草药!又一个"突然"的情节,好似不合实际,不通情理。更使人难以相信的还在于:疯人儿敢与"德仁堂"的掌柜比拼,同时为一个病人治疗顽癣恶疮……

"这病人四肢浮肿,生满疮疮癣癣,脓冒血滴。当着疯人儿的面,掌柜给病人的左半身敷了药,冷冷一笑走到旁边,边抽水烟边瞅疯人儿动作。疯人儿傻傻地站着。看热闹的人们提醒她:'疯人儿,快上药嘛,那右半边掌柜留给你啦!'

"疯人儿这才转过魂来,伸伸懒腰,打两个哈欠,躬身钻进那如山的草药堆里,这捆抽抽、那把掐掐……揉揉搓搓、咬咬嚼嚼,把病人右臂右腿敷上。退到旁边,傻乎乎瞟着掌柜。病人第二日复又抬来。掌柜当众解开病人的左臂左腿,只见脓血已收,浮肿开始消减,众人连声叫好。又催促疯人儿快启。疯人儿启开右半边,抹去药末,伤口脓固血干,众人又齐齐喝彩。掌柜瞥了疯人儿一眼,给病人上了二道药。疯人儿瞅瞅掌柜又钻进了那如山的草药堆,挑挑拣拣、揉揉搓搓……三日后，病人自个儿走来，不用掌柜和疯人儿动手，他就亮出四肢，水肿消失，疮迹全无。细看去，那右臂似乎比左手要略显红润。"

读到此，读者会觉得，太出人意料了，简直就是天方夜谭，都急于想知道究竟是为什么。我要的就是这个效果。于是，笔锋一转，让同样处于惊惧疑惑中的"德仁堂"掌柜来回答这个问题：

"掌柜走过来定定盯了疯人儿半日，忽然笑笑，压低声音说：'我……知道你了！'疯人儿脸色突然变得晦暗。"

为啥会这样？掌柜也没有正面回答。之后，我便这样安排情节：几个陌生汉子到镇上绑架疯人儿，镇里立时涌出百十号人马，提刀拿棒追了十好几里救回了她。人们这才明白，疯人儿就是邻县"赵草药"的女儿，因为逃婚躲避在外。她先前并不疯傻，有回尝草药坏了嗓子……她那不满七岁的男人得惊风死去，婆家发誓抓她回去守节。几个汉子正寻得发昏，可巧"德仁堂"送去了消息……

悬念顿释。一切疑问都解开了。把发生在疯人儿身上的故事倒过一看，那些"出乎意料"的事就都在"情理之中"了。写文章，特别是写小说离不开想象和虚构，离开想象和虚构就写不出好的东西来，但是决不能胡编滥想，一定要合乎情理，让人读后不致于说是"假打"。

下面的情节也是合理设定的：

我和水生、水娃既无钱买香药，又懒得去扯那些劳什子草药，就把主意打在疯人儿身上了。

疯人儿不偷不抢，不讨口不要饭，全凭自己养活。终年四季她手里都有活儿干。腊月尾下送财神，一小方红纸，上面印着个宽皮大脸的神像，标着"福禄寿"，送上门来了，哪个能把它挡回去？正月初头，她又扛起大草扎子，上面插着拨浪鼓、土蜞蚂、风车车、竹节蛇……呼呼咚咚，转转悠悠，引得娃娃们一窝蜂跟着撵。端午节，她又在场头巷尾台子坝摆起小摊，臭葛蒲、鸡爪根、夏枯草……一扎一扎，码得像个小山包。钱给得多少她从来不计较争论，傻呵呵瞅着你丢了钱任凭挑选……

疯人儿的生意历来不错，一大堆草药不上半天就所剩无几了。我们几个躲在土墙拐拐上，捏着"沙灰弹"等待时机。这种武器是用芋荷叶包裹着土灰和沙子，一放出来便也威力无比。好容易瞅个冷清的当儿，咣咣朝她头上一甩……叭叭！"沙灰弹"碰在板壁上炸了花，霎时飞沙走石、尘雾弥漫。我们闪电般冲过去，抄起草药子乘烟突雾而去。等疯人儿从沙灰阵里冲出来时，那草药子几乎一扫而光了。

入冬后的一天早晨，水生惊惊慌慌地叫醒我，说是疯人儿不见了。我们跑到台子坝一看，黑洞洞的台子底下除了三块石头一只锅和几大捆草药之外，啥都没有……许多人在那里踱来踱去，翘首张望，焦急等待。

疯人儿，你上哪去了？！

一天没回来，两天不见影子。第三天，疯人儿出现了。在离镇十几里的柳溪渡口浮起了她的尸体，双手反剪着，胸口坠着扇沉重的石磨……

人们惊愕了，流泪了。打捞起她的尸首，小心翼翼抬回镇上平放在台子坝。镇上沉寂了，没人笑没人吵，连娃娃们都缄了口。台子坝成了宽大无比的祭坛。无数支烛，无数捆香，无数张纸钱……香烟缭绕，纸灰飘飘，天和地融入在一片灰气里。

我和水生、三牛、火娃默默地守护着疯人儿，不让野狗虫蛇挨近她的躯体。水生整日号啕，我们也止不住掉泪。水生哭着哭着，突然撕开衣兜，掏出几张只能买几个蒸馍的纸票，恭恭敬敬放在疯人儿脚下。我和三牛、火娃也忙忙清光了兜儿底。人们明白了，慢慢走过来，在钱堆里添上一张张纸币，一个个铜子——就像撂下了一颗颗沉甸甸的心。

钱堆很快飞涨起来，很快就淹没了疯人儿的身躯。于是，疯人儿有了一副最气派的楠木棺材。人们决定把她安葬在戏台旁边。入葬那天，没有谁召集呼喊，镇上的男女老少几乎都出动了，扛锄头的，担鸳箢的，抬箩筐的……人们争着给疯人儿添一捧黄土。

关于小说

## 用灰鸽的目光去看人间事

20世纪90年代,中国的民营企业犹如雨后春笋般兴起,蓬蓬勃勃,欣欣向荣。我有个朋友开了家茶厂,很兴旺,赚了不少钱,也回报社会不少,很多人羡慕他、妒忌他、眼红他。后来,因为市场竞争激烈,他一时经营失误,茶厂在一夜之间就倒闭了。于是,他原本十分热闹的大院子顿时"门前冷落车马稀"起来。我深感人情冷暖,世态炎凉,就想写篇小说抒发感慨,鉴照人世。这便是少年短篇小说《灰鸽,坠落在房檐下》的写作缘起。

落笔时我却又犯了难。人物如何塑造,故事怎么架构,情节怎样处理,很费一些思量。按照一般小说的写法,从正面去反映矛盾、铺陈故事和塑造人物,不仅会拉大篇幅,还要使涉世不深的未成年读者陷入迷惘与困惑,作品肯定会索然无味,无法感人。正在此时,忽听一个朋友说起他家的鸽子误食农药浸泡过的种子而坠下房檐猝死的故事,我猛然间受到启发,决定一反我的写作常态,换一种新颖的表述方式:即通过鸽子的目光来关注人世间的善恶美丑,以鸽子的口吻来叙述典型时期的胜败枯荣。

于是,我设计出灰鸽花翎儿和小主人冬冬的形象,并安排几个情节来凸现主题。

一开始,就写九死一生的花翎儿飞回小主人衰败冷清的院落,坠下房檐,昏迷中回想起第一个主人"新丽花茶厂"老板的遭遇:运茶叶的船被洪水打翻了，家里的财物被债主们抢了砸了，茶厂老板走投无路上了吊……花翎儿当然不知道主人家发生了什么事，但它在哄抢打砸主人家的乱哄哄的人群里，认出了那个常来茶厂吃喝的阔脸汉子。

"……为首的那个阔脸汉子提起楼门口那块写有'新丽花茶厂'字样的吊牌，使劲朝地头上一摔，吧嚓一响，吊牌断成两半截……""究竟发生了啥事儿？我们实在是闹不明白。这些人的面目都不陌生嘛，常常进出这个楼门的。那阔脸汉子来得特别勤。吊牌还是他和一些人敲锣打鼓、火炮连天送来的嘛！他们变得好快！"

接下去，花翎儿看见的就是："青砖楼房里住进了阔脸汉子。他穿着油渍水亮的衣服，腰间系着拴肉的草挽子，走起路来嚓叽嚓叽，浑身冒着猪的腥臊气和泔水的酸臭味。同他一起涌进这座楼里的，还有十几只胖溜溜的大肥猪，东闯西撞哼哼噜噜，满屋子骚动不安。"当晚，阔脸汉子偷袭了花翎儿一家，将其送去讨好冬冬的父亲——工程队老板祁万元。花翎儿中途逃脱，半道昏迷，掉进污水沟里。小冬冬救起了它，以后，它和小主人冬冬便成了朋友。

花翎儿住进了新笼子。新笼子高高悬挂在冬冬家四合院东边的山墙上。它又看见了：只要冬冬的爹一回来，屁股后头总跟着一群朋友，其中就有那个阔脸汉子。"他像一条黑不溜秋的影子，老是跟在冬冬爹后面。腌腌臜臜，腥腥臭臭，阔脸上露出一种温顺柔和的光，半点儿凶神恶煞的样子也找不到。他似乎成了小主人家的仆人，一进室，就端茶倒水，炒菜烧饭，忙得狗颠屁股似的，又可怜又可恨。"

然而，人世间的事实难预料，人与人之间的关系也错综复杂。祁万元被人告发偷工减料、偷税漏税，就三番五次地请黑矮子喝酒吃肉，摆平这件事，还不顾冬冬的感情，答应把花翎儿送给黑矮子的女儿。于是，就出现了这样一幕："冬冬爹突然从身后冒出来，伸手就抓我的尾巴。幸好冬冬反手一挡，我才得以逃离。然而，小主人却挨了一顿巴掌。他爹脸红筋胀，骂骂咧咧，哪里还有一点儿斯文气？冬冬没有哭，两只乌溜溜的眼睛恨恨盯着爹的脸，忽然迸出一句：'你……没有骨气，算不上个男子汉！'冬冬爹的脸唰地白了，浑身猛地一哆嗦，嘴巴机械地动了动，膝盖抖抖索索地突然跪到冬冬面前……冬冬惊叫一声，捂着脸放声大哭……好久，冬冬颤声地叫我几声。我飞到他肩上，他就势抓着我，闭着眼递给他爹。他爹笑逐颜开，夸了几句好儿子，就拈起我的翅膀嚓啦啦嚓剪了几剪子……"

这之后，那个女孩子成了花翎儿的新主人。可她瞧不起花翎儿，时常欺侮它、折磨它。它无法继续待下去，就拼尽全力逃离出来，朝冬冬家飞去，不料半道上又落入阔脸汉子之手，于是，它听见了这对肮脏夫妻的对话：

"那回送祁万元三只，连屁都来不及放一下，他就犯了事、破了产……唉，可惜那三个肉坨坨，要是给你治头晕……这祁万元还想请黑矮子去说情通关节，其实，告发他偷工减料、偷漏税款的就是那个矮子……"

"那你还把这只送给矮子？"

"嗤嗤！女人之见……十年风水轮着转，说不定三年五载之后，他矮子破得成了叫化子，我发得又红又紫也未可知……这一阵，他那小女娃子特别喜欢这只鸽子，我送过去，正好给矮子套近乎……"

作品写到此，人世间的争斗，市场竞争的无序，就粗略地凸现出来了。阔脸汉子作为现实中的一种吹牛拍马、趋炎附势的小人、伪君子，行文中虽然着笔不多，但通过花翎儿的视角来讲述，一个《范进中举》中的胡屠户式的形象就立起来了。由此，作品中的深意，我们少年读者领会起来就容易多了。

　　创作这篇小说给了我一个有益的启示：一个短篇的成功与否，其表述方式十分重要。照我的理解，视角即是角度，从什么角度去观察人和事，从什么角度去讲述人和事，都需要因题材、因篇幅、因读者对象而定。这篇小说是个反映历史变革、家族兴衰的大题材，完全可以写个长篇，至少也是个中篇的料，只用几千字写出来，读者又是少年，对这些事物又很陌生，就不得不考虑用一种较为特殊的视角来表述。于是，我选择了小鸽子的角度，并且挑选最能表现这两个家庭衰败枯荣的片断来写。由于篇幅短，时空跳动大，需得居高临下关注，所以借用家鸽的眼睛、嘴巴以及心理来表述这个变化再恰当不过，同时，把它的命运与主人公的遭遇紧密联系起来，就更能感动人。小动物与小朋友天生就很亲近，以小鸽子的口吻去讲述故事，少年读者不仅容易接受，还会引起共鸣。

　　下面两段文字，表述小鸽子的心理活动和命运结局，或可以参考：

　　我就要被送走了，送给那个娇滴滴的女孩子了。我巴望冬冬也像那女孩子一样又哭又叫又跳，把我留下来。可他没动。他独个儿蹲在笼子下，双手紧紧地抱着头。模样儿可怜而又痛苦。

　　冬冬爹捧起我往外就走。我突然咕咕地叫了两声。

　　小主人突地弹起，喊着奔了过来，从他爹手里夺过我去，把我的头贴在他脸上。他那脸好烫人！泪花儿断线似地流，很快就把我浑身弄湿了。

　　冬冬掏出个小包儿，颤颤地打开，摊在手心里，那是十几颗香喷喷的小豆豆。他说,"吃吧……我可不能叫那骄傲的小公主拥有你啊,你是我的,祁冬冬的!……"他眼睛痛苦地闭着,摊开的手在剧烈地哆嗦。我愣了下,啄了一颗,又啄了一颗……他突然把手握起来,随即又狠命地向远处一撒……我被冬冬爹带出院子门。走了好远,我还听见小主人在高声哭喊:"花翎儿,我的花翎啊……"

一股股腥臭味直朝我脑子里冲,肚子里又一阵刀扎似地痛。我突然一阵晕眩,闭了眼睛,头无力地耷拉下去……

我恢复知觉时,已被解去了手帕。我听见了男人骂,女人喊。男的怪女人把手帕勒得太紧,弄死了,坏了他的大事;女人又抱怨男人粗手笨脚,捏伤了我的筋骨……他们互不相让,吵嚷叫骂逐渐升了级,由扔家什变成了动拳头腿脚……

机会难得!

我忍痛飞起来,朝我那四合院,朝我那小主人冬冬飞去……

昏昏趴在小主人的手心里,浑身又瘫软又舒服。像是在阳光里沐浴,又像是在天宇里遨游……迷迷糊糊中,我听见了小主人冬冬捶胸顿足的哭喊:

"花翎儿!花翎儿!我不该给你……吃了药丸子!花翎儿哟——"

# 从"小鱼篓子"到少年英雄

○ 韩蓁 作品

有朋友问我,写小说有没有什么技法?我回答说,好像应该有吧,不过,我是没有翻过那类书的。他十分惊讶:那你的小说又如何写呢?我说,一旦有了创作冲动,脑子里有了人物形象或者是故事梗概,我就写了。真的,我弄不明白那些技法从何而来,也从来不往自己的小说上套。我喜欢无拘无束,轻松自在,想怎么写就怎么写。研究小说技法,是文学教授和评论家们的事。

我有篇小说却无意间用了小说技法中的一个套路,不过我在写作过程中并不知道,是作品在《儿童文学》杂志上刊出之后,一个评论界的朋友告诉我的,说我那小说是用了"欲扬先抑"的小说创作技法。

于是,我便去查看这种技法的定义:先抑后扬,又叫欲扬先抑,是指为肯定、赞扬某对象,先否定、贬抑它的一种构思方法。例如:鲁迅的《阿长与山海经》。鲁迅为了表达对阿长这位普通劳动妇女真挚的怀念之情,故意在文章开头贬抑阿长,写了阿长种种让人讨厌甚至憎恶的行为,随后才慢慢写了阿长的许多好处,"使我发生了新的敬意",对她的怨恨也"从此完全消灭了"。这就是先抑后扬、欲扬先抑的构思手法。拿出我的小说一比较,果然如是。

那篇小说创作于上世纪80年代末,题目叫作《浪尖上,有一叶小舟》,作品中的主人翁是小鱼篓子杨波波,另外一个就是故事的叙述者"我",一个作风正派的客车驾驶员。"我"时常途经的柳叶场盛产鲤鱼,这种鲤鱼刺少肉嫩,色鲜味美,途经这里的人总想弄一条两条饱饱口福。于是,有一些汽车驾驶员路过时,便抠几斤汽油,换上一两条柳叶鲤。那些打鱼卖鱼的,又用这汽油去卖高价……干这种交易的一天比一天多起来,逐渐形成柳叶场的一种交易。暑假一放,这种交易中又添了一批学生娃娃,人们都把他们叫作小鱼篓子,一旦被他们缠上,总得把人磨蹭个够。"我"打心眼儿里厌烦这批娃娃。

"师傅,师傅,——换不换?油换鱼,很合算……"

"去去去!不换不换……"

小鱼篓子们耸耸肩头,一副不屑理睬的模样,嗤笑两声,扭过头,大模大样地走了。"我"如释重负,按两声喇叭,正准备上路时,一个小鱼篓子却猛然趄转来,挡着去路,嬉皮笑脸地说是在叫他。

"你是叫了我的!你是叫了我的!啵啵,啵啵!我就是波波,杨波波……"

小滑头,死乞白赖!

"师傅师傅,换不换……"又跑来几个小鱼篓子,跟着杨波波一起喊,吵得"我"脑袋里嗡嗡响。"我"一气之下,猛地开动了马达,他们才闪到路边。"我"把车开进水洼里,顷刻间……把这几个小家伙浇成了泥猴。然而,"我"很快就遭到了报复,"我"那簇新的东风牌"被抹成个泥箱箱,车身变成了屎黄色,挡风玻璃上还画了一只秃尾巴熊猫,憨憨痴痴地瞅着你咧嘴儿。

上述这段描写无疑是把杨波波这类小鱼篓子往低处贬,不仅调皮而且奸滑,再添上恶作剧,能不叫人讨厌?但从另一个层面讲,表现的又是娃娃们的活泼、天真与淘气,当然也少不了那个年代刻烙在他们身上的印记。这些描述都符合这个年龄段孩子所共有的天性,合乎情理。要写活杨波波和他的伙伴,为后来的故事发展做好铺垫,我不得不这么写,先揭示其负面,再逐步展现亮点。这不仅符合人们的认识过程,还能使行文曲折多变,波澜起伏,形成对比,使读者在阅读过程中,获得恍然大悟的快感,留下深刻的印象。

由于这些小鱼篓子是成长中的少年,又是小说中要着力表现的对象,就要掌握好分寸,不能"抑"得过了头,到后来难以自圆其说。"抑"不是作者的本意,而只是一种手段;"扬"才是作者的本意和目的。"抑"到一定程度,就要转换,与"扬"衔接,而转换又需要自然合理,不能急转弯,否则容易失去真实性,留硬伤。

小说是这么转换的:

"我"只得把车开到柳河滩上去冲刷……想不到又碰上那三个娃娃……杨波波"突然跳下船,踏着水吧哒吧哒地跑过来,涎皮赖脸地说他们愿意帮我洗刷汽车,问我愿掏多少钱!我二话没说,夺过他手中的鱼篓子,往浑水里一掼……我满以为他会大吵大叫,甚至冲过来要我赔偿,谁知他反而嘻哈两声,搁下衫儿,一个猛子扎进河里……我怔怔地呆望着,好一会,他才慢慢地冒出水面,怀抱块大石头,头戴鱼篓子,嘴里哼着电视里的调调:'……千里黄河水滔滔',船上的小家伙们还哦哦啊啊,哦哦啊啊地为他配着音。""波波一挥手,两个孩子跑过来,洗的洗、刷的刷,几下就把东风牌洗净擦干了,还了它蓝悠悠的本来面目。我有些茫然了,下意识地摸出了皮夹子。他们一见,呼噜一声跳上船,杨波波一挥手,喊了声'古得拜——再见!',篙竿一点,那小船儿就漂悠悠地离去了。"

小鱼篓子们纯净的内心世界通过这个情节真切地表现出来了,他们虽然顽皮,但确实可爱。为了塑造鲜活的少年英雄形象,还得继续安排一些情节，多角度去描写，反复烘托和展示他成长的心路历程，使其表现有力，人物可信。在洪水包围客车时，杨波波等又趁机以上浮价卖饼子，还诡称不违犯工商管理条例；用小船渡人时，又巧妙地惩戒了两个自私刻薄的长发青年……这都是为达到塑造人物形象的目的设计的。

待时机成熟，水到渠成，便自然而然地转换到"扬"的阶段。于是，我才以泼墨的手段渲染杨波波及其伙伴于滔滔洪水中救车救人的壮举，并以小食店彭大娘的言行为杨波波的行为作出形象的批注，从而折射出主人翁的高大形象，使文章主题更加突出。"她银丝蓬乱，满面泪痕，抓了一大把钱塞给我，央求说：'师傅，你行个好吧。这钱，是波波昨天替我卖饼子赚的。那孩子，还浮动了三块几……我这个孤老婆子腿脚不灵便，烦你到城里买几刀细纸，烧给那孩子……'话没说完，她就对着那滚滚而去的柳河水，捶胸顿脚，高喊波波……"至此，小说达到高潮，我褒扬杨波波的创作初衷也达到了。

运用"先抑后扬"的手法，少不了抒情与议论。适度的抒情与议论可以使作者的感情表现得更强烈，也可以使作品主题更深刻。

下面选摘的是小说的开头、中间和结尾部分的抒情文字，可供参照：

我每次开车途经这段高坡，就不由得要放慢速度，按两声喇叭，把一双目光落在柳河上。

那幽幽河水，那点点渔舟……

起风了,下雨了。河面上掠起了层层浪花,揉碎了飞鸟、白云、船影。

然而,那小船儿,一叶叶,一只只,依旧那样安闲、沉着、冷静。漂呀漂,荡呀荡,时而像白鹅戏水,时而似鲤鱼腾空……

我默然了。

这之后,人们照旧用鱼换油,用油调鱼,以物易物,天经地义,国家吃亏,个人实惠。不过,在那批鱼篓子中却不见了那批小鱼篓子,他们是上学没了工夫,还是洗手不干了?

我按着喇叭,"啵啵,啵啵……"是呼唤?是追忆?是思念……天空沉入了水底,柳河静得像一块玻璃。那小舟漂走了,漂走了……不,它漂到了我的心上。

轻飘飘,晃悠悠,我心上,永远有那么一叶小舟……

关于小说

## 快乐的故事，沉甸甸的幽默

上世纪90年代初，我有篇少年小说《小镇二题》发表在《人民文学》上，其中一篇叫《卤蛋之冠》，就三千来字，讲一个非常小非常小的故事，内中有个情节精彩而又不无幽默，因此小说颇受编者、读者看重。

我的小说大多取材于川西坝乡间小镇的少年儿童生活，有历史的，也有现实的。我的周围都是普通百姓，孩子们也远非是什么"小公主"和"小皇帝"，他们生活在偏远落后的贫困地区，不得不在苦难中挣扎，与多舛的命运相搏，因此，我作品中的主人翁也往往带有悲剧色彩。有个编辑朋友曾要求我写点儿欢乐轻松的作品，但他在系统地研究了我的创作，又到我生存的小镇做了一番较为深入的了解之后，就改变了看法。他说，我知道你为啥写不出轻松快乐的小说了，还是保持你一贯的风格吧。

当然，我也想试试，变换一下自己的写法，于是就在这个小小篇中添了点儿幽默，来一个"无趣不作文"嘛。然而，写完作品一读，那幽默是沉甸甸的，风趣中也染上浓浓的忧郁色彩。

小说的情节很简单：牛牛初中毕业没考上高中，历经痛苦的辗转反侧之后，终于平静下来，开始一种新的生活：到乡间小车站卖卤鸡蛋。后来遇见一位食品专家，为他题写了招牌，因此他一时间远近驰名，生意越做越好。但后来他明白这内中缘由之后，就摒弃了招牌，重新回到平常的生意之中。

由于情节过于简单，在故事发展中就需要添几个"拐点"，像说相声一样丢几个"包袱"，然后再一一解开，使故事变得曲折复杂一些，并且富于情趣和幽默感。

"随着车站的扩展，车辆的增多，旅客流量的猛涨，牛牛的生意越做越火热，票子像潮水不断涌进他的钱袋。他渐渐成了一个实实在在的小商人。"几个月后，他甜甜脆脆的喊叫吆喝声里，早已不见了那种羞涩不安的成分。不过，跟风者也随之而来，卖水果的、卖盐萝卜的、卖花生瓜子的……还有几家也弄起了卤鸡蛋。客车一到，全都蜂拥而上，围着客车贪婪地叫卖吆喝。"牛牛不得不快跑几步，把卤鸡蛋高举在头顶，捧到车窗下，殷勤地问好，人家喊叫他喊叫，人家贱卖他贱卖……"

在现实生活中，随处都可以见到这种情景。

初涉商场的牛牛当然挤不过那些精明透顶的商人，他的生意越做越艰难。对那些奸商，他又恨又怕又想战胜他们。

这时候，我便将情节"拐"过来，安排一个转机。

"那是一个极偶然的机会。一辆豪华旅行车在车站上停住，成了小贩们抢攻的目标。牛牛慢了一步，被疯狂的小贩们挤了个趔趄……那车已被裹挟得铁桶似的全无缝隙。他呆呆地捧着卤鸡蛋站在人背后，瞅着这场攫取财帛的搏斗……就在这时候，一双眼睛发现了牛牛。这是一双聪慧而又有些呆滞的眼睛……"这里，我埋下两个关键词："聪慧"和"呆滞"，以后故事需得从这两个词上生发。

豪华旅行车上的食品专家买了牛牛两只卤鸡蛋，大加赞誉之后，又为他狂书乱草了四个大字：卤蛋之冠。专家的话就是最高的、最权威的评判。"牛牛把那四个大字做成旗幌儿。它高挑着飘飘摇摇，招招展展，成了一面荣耀的旗帜。旅客们一到，总是向牛牛笑，从不讲价高价低，只顾捡就是。经过权威评判，人们信得过。同行们自甘败退，再也不敢同牛牛争地盘抢生意了。暗地里，他们还自称是牛牛的子公司、分厂、分车间……"无疑，这是食品专家及其招牌的魅力使然。这种情况，在二十年后的今天似乎还越演越烈。瞧瞧那些招牌、广告以及电视购物节目之类，不也借某些专家学者的口在胡吹乱捧么！本身这里面就有幽默和讽刺。

牛牛的卤鸡蛋突然走红，这就需得揭示其间的秘密，于是，情节又进入一个"拐点"："牛牛却不胜迷惑。他那平平常常的卤鸡蛋真的就成了'卤蛋之冠'？成了位居榜首、一枝独秀的珍品？那老先生真个是百尝皆准的么？"

牛牛的迷惑，也是读者的迷惑，需要作品释解"包袱"。我便设计出牛牛进城送货的情节：

牛牛找小镇蹬士帮他送卤鸡蛋进城。蹬士边蹬边问牛牛：'你那卤蛋真那么厉害？'牛牛心中惴惴，微微摇头。蹬士笑了，悄声告诉牛牛，那老头前阵子得精神病，口味不正哩！牛牛大吃一惊："真的？"

"哄你的是儿！他是我大姨父的姑爹，大姨父亲口对我说的。"

牛牛如鲠在喉，默然无语。后来去省城一打听，确是事实，那老头虽然是个食品权威，但他生病期间，对每类食品几乎都判之为冠。

谁遇到这种事，不啼笑皆非呢？！

这是个极为关键的情节，既要转换自然，文字还不能太多。至此，幽默，或者说搞笑成分是有了，但程度还不算深刻，还得顺势写下去。

牛牛经过一番思想斗争之后，决定去掉那个为他赚取丰厚利润的招牌，做一个堂堂正正的经商者。然而，当他心怀坦荡地取下那面飘飘摇摇的旗帜，正要把它塞进熊熊的炉火时，几双手突然抓住了他，吼道："别烧！给我……"

牛牛大瞪着眼睛，感到莫名其妙。

那些人喊："卖给我吧，我出三百块！""给我！我给五百！""不！我给一千块，现的！""两千！""三千！卖给我……"声浪汹汹，钱币晃眼，裹得牛牛水泄不通。

如此一写，现实生活中那种盲从权威，不重实际，迷信招牌，不择手段，坑蒙拐骗的丑恶现象不就活生生展露出来了吗？！这里的幽默有些沉重、有些苦涩，读者不一定笑得出来。最后，我又把情节一"拐"，使结尾有一点儿亮色。牛牛"冷静地瞅瞅他们，淡淡笑笑，奋力挣扎起来，毫不犹豫地把那旗帜塞进灶膛。火舌儿呼地一卷，差点儿燎烧了他汗漉漉的头发。牛牛依旧顶着卤鸡蛋，在人群中呐喊叫卖"。这也许是作者的一厢情愿吧，现实中的牛牛实在是太少了。

幽默，不仅要使人发笑，让人快乐，还要给人以思考和回味的余地。优秀的幽默作品能让人余香满口、回味无穷。然而，近年来幽默作品变得世俗了，甚至直以"逗乐"或"搞笑"冠之，无非是说些俏皮话，弄点儿怪动作，庸俗低级，全无一星半点儿内涵。令人呆笑、蠢笑或者是嗤笑、嘲笑之后，就烟销灰灭了。眼下，有人还"创新"了什么"搞笑作文"，真个滑天下之大稽。幽默决不等于搞笑。我看最好不要去"搞"那样的"笑"文章，弄不好，坏了自己的文笔不说，还会戕害别人的心灵。这也许是多余的话。

下面是小说中一个情节，可作参考：

## 关于小说

终于有一天,牛牛成功了,那是一个极偶然的机会。那天,一辆豪华旅行车在车站上停住后,成了小贩们抢攻的目标。牛牛慢了一步,被疯狂的小贩们挤了个趔趄。盆里的鸡蛋竟飞出几个,骨碌碌滚到尘土飞扬的地头。牛牛来不及叫骂抱怨,稳着身子想拼搏一次,然而那车已被裹挟得铁桶似的全无缝隙。他呆呆地捧着鸡蛋站在人背后,瞅着这场攫取财帛的搏斗。

就在这时候,一双眼睛发现了牛牛。这是一双聪慧而又有些呆滞的眼睛。接着,一扇车窗开了,探出个笑容满面的面孔,朝牛牛喊道:"嘿!卤鸡蛋……来两只。"没等牛牛挤进,那些同行早捷足先登,献媚地喊着老爷爷,买我的,可那苍老的面孔摇了摇,执着地伸出手,非要买牛牛的不可。牛牛受宠若惊,大大咧咧挤到那些沮丧的同行面前,把热乎乎的鸡蛋捧到老人手里。

一会儿,车上便沸腾起来,伸出好多只手,朝牛牛摇晃着票子。那个老人还被几个年轻的学生模样的人簇拥着走下车来,同他招呼问询,并从旁边字画摊上借来笔砚,狂书乱草了四个大字:卤蛋之冠。

据说,那老人是省上食品专家,他说的话就是最高的、最权威的评判。

## 给故事一点儿神奇色彩

○韩蓁作品

在日常生活中，人们做食品总要添上一些作料，因食品特点和人们口味的差异，或添盐或加醋或多放点儿糖或少要点儿麻辣多点儿味精，无论如何，非得添点儿合适的作料不可。这样，吃起来才有滋有味，百吃不厌。

做文章写小说也是如此。一篇文章，尤其是文学作品，如果只是就事说事，一本正经、板着面孔，那无异于一篇枯燥乏味的总结报告或是一则简单明了的故事梗概，一定难以激发读者的阅读兴趣。所以给文章加点儿恰当的作料，比如抒情、幽默、调侃、神奇、夸张以及花絮、小插曲之类，使其更加生动传神、韵味深远、耐读耐看，这就十分必要。

在我的前期作品中，由于缺乏这种经验（或者说是常识），往往是直来直去，缺少枝蔓，一看开头就知结尾，缺少鲜活、潇洒成分，读起来就有些味同嚼蜡。刊物虽然刊用，但总是放到次要版面上，毫无影响可言。有评论界的朋友对我说，你的作品箍得太紧，放不开手脚，缺少作料，难以吸引读者。后来，我在创作实践中逐渐悟出些道道，就开始在作品中添上些作料，比如在《飘逝的小河》中添加抒情，在《卤蛋之冠》中添加幽默，在《路，本不该那样》中添加夸张……效果也就好了些。

在这些作料中，我用得较多也较为顺手的还是神奇。顾名思义，

## 关于小说

神奇不外乎是神妙、奇特或者是怪异、怪诞的意思，有些神化的味道。时下的小说已把神奇发挥得淋漓尽致，繁衍出令人眼花缭乱的多种文本，神怪啦、怪异啦、穿越啦、灵异啦、玄幻啦、惊悚啦，甚至鬼怪神魔、血雨腥风，看起热闹，读来吓人，一味胡编乱造，毫无真实生活。这种作品虽然有一定市场，但往往会搅乱人的神经，侵害人的心灵。我不喜欢这种"神"法，更不用这种"奇"招去取悦读者。

我所说的神奇，是在不违背真实生活的基础上，把作品写得神妙奇异一点儿，带点儿淡淡的神话、神化色彩，使作品显得飘逸、空灵一些，具有深刻内涵。

《招蜂人》是个七千来字的短篇，发表在江苏《少年文艺》杂志上，位置放于头条，是我较为满意的作品之一。小说讲述一个小招蜂人的故事。招蜂人"住在镇西头一间孤零零的木板棚屋里。没有店铺，也无田地，只凭他那一手招蜂绝活儿养活多病的母亲和自己。他原来不是本镇人，是前几年为申家招蜂而被申四爷留在小镇的。申四爷原意要过继他为儿子，要他去享受富裕安宁的生活和继承丰厚的家业，几次邀人劝说都被他严词拒绝了。申四爷无奈，就把那间闲置的空棚屋送给了他。他和母亲就在镇子上立下脚来了"。

招蜂，是养蜂作业中不可缺少的手艺。我曾经在教书之余养过几桶中蜂，对蜜蜂的生活习性颇为熟悉，作品里涉及的招蜂、养蜂知识都是我在实践中学到的，所以我写招蜂人就不难。小说中有个重要情节，当地豪户申四爷家多年养的家蜂突然弃桶逃亡。这本来是蜂群繁殖期间的自然分蜂现象，但川西民间习俗却认为这是家败财崩的先兆，如不及时把蜂群招引回来，损家破财是必然的事。蜜蜂一旦飞出去，谁招到就是谁家的财喜。在几位高手面前，十六七岁的招蜂人轻而易举取得胜利而令申四爷和众人赞不绝口。

"招蜂人仰着一副娃娃脸,眯起眼睛溜瞅瞅蜂团,瞟瞟树杈间那几位忙得不亦乐乎的同行,却不慌不忙地对申四爷说:……是你的财迟早是你的……"一边说一边慢条斯理地扒饭夹菜,漫不经心得如没事人一般。一旦时机成熟,"那小招蜂人哎了一声,扔掉碗筷,弹起身子撩起衫子,顺手将蜂招系于腰间,几步跨到楠木下,双手一搓,如灵猴般地扭了上去……哪里还有半点儿文静和疲沓的影子","蜂团仍在扩散、缩小。绵延不断的蜜蜂默默朝几只蜂招汇聚,去吮吸里面放置的糖汁与花粉。小招蜂人身轻体健,以极快的速度爬到蜂团盘踞的桠杈下,以蜂招口朝上头朝下逼近蜂团,稳着身子腾出右手轻轻一拨,碗口大小的一块蜂团便猝然跌进招儿里……动作快速利索,使人惊叹不已。""招蜂人轻轻落到地头上时,肩头上散散落落地爬着几十只蜜蜂,它们弹动唇针,扇动翅膀,娴静而安详。如同栖身于树叶与花朵上。"

然而,人们拥上去一看却大失所望。蜂招里只有小小一坨蜂,比起其他招蜂人招走的蜂差劲多了。"申四爷满脸沮丧懊恼。可那招蜂人只是极随意地一笑,拎着蜂招抓过衫儿噔噔噔直朝镇子走去。申四爷无奈,只得怏怏跟着……"

这个情节看似有些玄乎,其实藏着一个养蜂知识,只要把裹着蜂王的蜂团拨进蜂招,装进蜂桶,招蜂就算大功告成。失去了蜂王的蜂群无论被招至何处,它们都会溃成散兵游勇,尔后又自动还归旧巢。这就是招蜂人成功的关键所在。

我用上述这个情节表现招蜂人的聪慧敏捷,能干大胆,同时也适当显示一点儿神妙色彩。

故事的转折是在申四爷要求小招蜂人用劣质蜂群去偷换别人家的良种蜂群遭拒之后,申四爷派出打手去教训招蜂人。这个情节中,我则用较多笔触去渲染神奇气氛，以加强对招蜂人形象的塑造。

"……那几个蒙面汉不答，气汹汹地围逼上来。招蜂人被逼不过，纵身一跳，腾起身子搂着房檐下那只古旧的圆型蜂桶，一咬牙将篾绳挣断，横抱胸前，重重往膝盖上一撂……咔嚓一声脆响，蜂桶立时折成两半，群蜂如霰弹般迸发出来，铺天盖地，散散漫漫，将小小院落笼罩于暝暗愁惨之中……随着几声凄切的惨叫，那几个蒙面汉子抱头鼠窜而出。蜂群如风驰电掣，循踪追击，扎得他们嚎爹叫娘。直到夜幕降临，蜂群才嘤嘤散去，那几个变得肥头大耳、臃肿不堪的蒙面人才哼哼唧唧地爬向申家院子……"

场面虽然神奇，甚至有些怪异，却是在生活真实基础上扩展出来的。为了说明这点，我在这里插入一段议论："千百年来，人们看重和赞美蜜蜂，往往在于它们能酿出甜甜的蜜，而忽视和厌恶它们的刺。殊不知，它们的刺同样值得看重和赞美。要是没有蜂刺，它们的命运将会面临多大的不幸啊。蜜和刺俱备，蜜蜂才能成其为蜜蜂。"这样，就把蜜蜂与招蜂人的形象紧密联系在一起。既酿蜜又有刺的蜜蜂也就是招蜂人的写照。

当招蜂人愤而离开小镇时，人们高喊着"蜂王进招招"为他送行，而申家高宅大院里出现空前混乱、群蜂逃离、天昏地暗的怪诞现象。从此，申四爷瘫痪不起，家业也日渐破败，不仅照应了民俗的说法，也印证了招蜂人那句话：太贪了要坏事啊！

小说有了些神秘、奇幻色彩，读起来格外深沉、凝重，给人思考的空间就更大。故事虽然结束，韵味却很悠长。

最后还得说几句，文章中使用作料一定要恰当、适量，千万不能乱用，该用糖的不能放盐，该放醋的不能加酱油。放作料也不能超量，盐多了会咸得进不了口，味精放多了食物会变苦。同样，文章乱用作料一定会导致文章的失败。

下面两段文字描述招蜂人离开小镇那天，申家大院出现的怪异现象：

那个细雨凄迷的早晨，我们永生永世都无法忘记。瘸腿跛脚、满脸斑痕的招蜂人肩挎小小包裹，挽着病恹恹的母亲走出棚屋，走出镇口。全镇子的人几乎都汇聚在镇口上，任那蒙蒙细雨浸润脸面衣裳，目送招蜂人默然离去⋯⋯

迷茫雨雾中，逐渐消失了招蜂人孤寂的背影。

忽然，瓜蛋喊出一声："⋯⋯蜂王进招招，蜂王进招招⋯⋯"缄默而沉重的人们忽地受到感染和启迪，也一起敞开嗓门，异口同声地呼唤起来：

"蜂王进招招！蜂王进招招！⋯⋯"

这声音雄浑深厚，充满诚意与真情，霎时间便弥漫了大地寰宇。人们仿佛看见招蜂人停住了脚步，并且转身走回来⋯⋯然而，揩干泪眼再仔细瞅时，却又是一片茫茫白地。

人们沮丧地转回镇子，一边走一边呼唤蜂王的灵魂。途经申家的高宅大院时，那喊声更加高亢强劲，势如狂风暴雨。

"蜂王进招招！蜂王进招招⋯⋯"

申四爷听了大惊失色，连忙抱着不满四岁的乖儿子躲进漆黑大门。就在这天中午，申家大院的十数桶蜂群突然骚躁起来，泉水般涌出巢门，弥漫了整个院子，倾刻间如纷纷扬扬的雨点雪片，似轰轰隆隆的电闪雷鸣。申四爷和家里人全都吓黄了脸，急忙关窗闭户，躲入暗室，大气也不敢出。临近黄昏，蜂群四散飞去，竟不留一只。启开蜂桶看时，除了干涩碎裂的蜡渣之外，连一滴蜜汁也没剩下……

申四爷发出声凄厉的长号，猝然跌倒在房檐下。苏醒过来时，他只懊悔地喊出三个字"我不该……"此后，便目不能动，口不能言。

后来，申家大院逐渐败落。申四爷的乖儿子也沦为浪儿乞丐。在一次求乞中，他遇见一个腿瘸脚拐、面目丑陋的汉子。问询几句之后，那人便送他一只老式蜂桶，要他挂于自家房檐下朝南方向，并说可以凭此安身立命……

那圆桶真的就挂到了申家老院的残垣断壁上。过些日子，就渐渐有蜜蜂进进出出，嘤嘤嗡嗡，忙忙碌碌。那蜂的个头儿硕大，色泽明艳，为蜂群中极其稀有的良种。

## 渲染与造势

我写小说没有固定的章法,也从来不去读什么小说技法方面的书,我怕陷入那种呆板的窠臼,束缚了思想和手脚。创作是自由的,是有感而发,有话要说,想怎么写就怎么写,该怎么说就怎么说。上世纪90年代,我有篇小说《牛祭》被《中国校园文学》杂志刊于头条,有评论称这篇小说是采用了"横切悬念,倒叙事件"法和"偶然中必然,必然中偶然"法,我听了不胜惊愕、茫然,因为在写作之前和写完之后,我都没有研究过该用或者用的什么技法。是的,我用了倒叙和插叙,也设置了"出乎意料"但又"合乎情理"的情节,但决没有去套用过什么技法。

不过,评论家们没有注意到的是,在这篇小说中,我特意使用了"渲染"与"造势"的法子。渲染是国画创作的一种技法,是用水墨或淡的色彩涂抹画面,用以加强艺术效果。应用到文学创作中,大概有这样三种方式:一是反复,以形式相同或相近的句子反复出现,以抒发情感、渲染情绪、突出主题;二是烘托,借描写环境或特定的气氛,表现人物的一定情绪;三是通过环境描写和景物描写:渲染气氛、烘托人物、寄托感情。造势则是现代惯用的宣传手段,通过幕后推手千方百计地大造声势,达到其宣传目的。此法大多用于商战,表现在文艺创作中就是对所写对象做突出的描写、形容、烘托。秦牧在《艺海拾贝——艺术力量和文笔情趣》中写道:"古代诗人形容大雪纷飞，说是'战罢玉龙三百万，败鳞残甲满天飞'；形容贴梗海棠的艳丽，说是'八万四千天女洗脸罢，齐向此地倾胭脂'。这都一下子就把平凡的事物渲染得瑰奇起来了。"

《牛祭》的基调凄美而悲壮，不采用渲染，不进行造势，就难以达到塑造人物和拓展故事的效果。小说的情节不算复杂，讲述一头名为青牯的烈性牛与其主人高老辈和牛倌小叶儿之间的恩怨情仇。三年前，小叶儿救过青牯的命。后来，青牯被高老辈重金买回用作赛牛，以求夺冠，但始终无法降伏它，只得请小叶儿当牛倌，照料和调教青牯。不料，在牛王节的赛牛会上，高老辈因得意忘形而对青牯施以打骂，青牯一怒之下将其挑翻……高老辈以为是小叶儿特意教唆，在虐打小叶儿的同时又捆锁了青牯。小叶儿重伤丧命后，青牯脱逃，并多次对高家进行报复骚扰……及至后来，青牯在小叶儿坟前折断双角，隐入青山。

青牯性格乖张，行为刚烈，结局悲壮。为了让它的形象立起来，成为一个鲜活的典型，我不止一次地通过环境和场面的渲染为其造势。这种表现手法是戏剧和影视作品中常见的，在小说中也能经常见到。

青牯的出场亮相至关重要。我将最精彩的"行刑"一节安排在开头，让读者一看就触目惊心，大受震撼。

"夕阳西下，柳河铺了一层桔黄，如同一条披着金甲的蟒蛇，默默无语地向东蠕动。野渡口寂寞而荒凉。黯褐色的码头上拴只小木船，轻飘飘的像水上枯叶，孤寂而又无奈。岩坎边那株老得谢了顶的树倒还有些生气，显得苍劲凝重。那碗口粗细的丫杈犹如斜伸的手臂，挂着一条粗重的纤绳，绳头上结着箩筐大小的活扣，在微风中凝固不动，一股肃杀之气。"

对环境的渲染，显示其庄重肃穆的氛围。接着叙写场面，进一步加深环境的萧瑟气氛："紧傍河边的小镇忽地响起了钟声锣声，凝重深沉凄切。天地似乎打了个寒战。夕阳哆嗦地抖动两下，逐渐钻进浮云。野渡口沉入荒凉幽暗之中。河风肆虐起来，岸边的枯草杂树竹丛都摆动着身子，连柳树上的沉甸甸的绳头也晃动几下……钟鸣锣响之后，镇口响起尖利的号炮。两溜火把呼呼拥出来，明晃晃焰腾腾地映出古镇的轮廓。一队人马杂沓地朝野渡口走来。打头的是二十八个赤溜上身的莽汉。他们费力地抬着一个庞然大物，迈动艰难的步子，低沉而合拍地哼着川西特有的抬工号子……"

密锣紧鼓之后，主角出场了："抬杠上是一头牛，是一头雄健的青缎子水牯。它被捆缚着四蹄，嘴上罩着铁嚼子，捆扎在结实的木枷上，但它仍桀骜不驯地昂着头颅，两只尖利的长角直指暝暗的天空，瞪着酒杯大小的红眼睛，喷着粗重的鼻息……"

好一副勇健武猛的神气！谁见了都会胆战心惊，啧啧称奇。不过，还没有达到造势的目的，我便通过下面的细节描述将其推进一步："到了河坎古柳下，汉子们打好柱，放下抬杠，架好青牯。族长高老辈一扬手，喊出了一声干涩的'喳'之后，跳出两个抹墨涂朱的壮汉，扯过绳扣，揪过牛头就往里套……眼看那牛头就要被勒紧吊挂起来，不想那牛头却猛然甩摆两下，哞然一声长鸣，挣脱铁嚼子，在坚硬的地头上翻滚几下，挣断绳索，折断木枷，顶天立地硬挺起来，虎视着惊傻了的人群，哞啊一声长鸣，弯弯的长角划出一道墨黑的弧线，呼地一声，将古柳半腰齐齐折断……于是，刀枪棍棒齐上，青牯挺着硬梆梆的长角沉重地蹿过来，闯开一条血路，迅速跑去，隐没在逐渐浓重的暮色中。"

读这节的时候，谁都会为青牯、高老辈捏一把汗。好在青牯安全脱逃，高老辈也没受到攻击，读者悬悬的心才放下来。当然，青牸和高老辈的形象还是表面的、粗略的。读者很想知道细微之处，于是我才顺势反过来追根溯源，读者也才会牵肠挂肚地读下去。

小说的结尾也是如此，我继续渲染环境的深沉凝重，场面的激烈悲壮，不仅是为青牸最终的行为造势，同时也是谋篇布局、前呼后应的需要。

"这是邛崃山的余脉，峰峦虽不算高，但奇伟雄险，别具一格，尤其是紧傍河边的双峰。那时已太阳西沉，但夕照余晖依旧从山脊上迸出强烈的光束。那晚霞也依然瑰丽而华美。一只鹰在空旷的苍穹中冷漠地滑翔，羽翼涂着血色……草丛绿得格外凝重深沉。靠岸壁一侧隆起个小小的黄色坟堆，没有草，泥土湿糊糊的。那是小叶儿的坟墓……它静静地伫立在坟边，四腿如四根黑铁柱子，双眼放亮，长角高翘。它此刻平静多了，不叫不动，就是那伙持刀执杖的人们涌上来，它也不咆哮不张狂了……猛然间，岩壁发出两声尖厉的巨响，天摇地晃，沙石横飞。人们掉头一看，一幅惨烈的奇景把人们惊呆了！青牸竟将双角碰断，满头红艳艳的鲜血横流……挺立片刻，猝然倒在小叶儿坟前……坟前那片浅浅的绿草地立时变得血红鲜丽……人们不忍离去，默默守候青牸两天两夜。在一个太阳娇艳的清晨，青牸又挺立起来了。残缺的角沾满泥土血污。空气纯净而又透明，山间飘浮起一层轻柔的雾气。一只鹰在蓝幽幽的天际出现，羽翼红得耀眼。青牸冷漠地环顾一遍人群，定定地瞅瞅面色憔悴的高老辈，然后昂起头，向蓝天和旷野发出一声呼叫：'哞啊啊……'青牸这才掉转头，一步一步朝大山深处走去。瑰丽的朝霞照映着它，瞬间便一片斑驳辉煌。"青牸从人们的视线中消失了，但它的形象在读者心中立起来。

每篇作品都有各自的特点，渲染和造势也不能硬套滥用。否则，就会给人以故意夸大和不着边际之感觉。

下面选摘的一段文字描写青牯逃离高家庄的情形：

早上，浓雾裹挟大地，天地间一片白色的迷茫。高老辈带着十几个家人闲汉，气咻咻在雾障间钻进穿出，四处搜捕。一早，小叶儿和青牯都不见了。高老辈认定，是小叶儿牵了他的牛逃走了。按迹寻踪，很快找到了牛蹄印，印子浅浅地稳稳地朝野渡口去了。临近野渡口，高老辈他们撵上了青牯和小叶儿。然而，不是小叶儿牵了牛，而是牛驮了小叶儿不紧不慢地走着，一步一顿，四平八稳，从容不迫，神态安详而凝重。小叶儿无声地趴在牛背上，鼻孔里不时飘过几缕血丝，给纯净的白雾染上一星半点儿血色。

高老辈一伙人吆喝着，挥着棍棒，扳着枪机追上来了。青牯猛然站定，缓缓转身，恨恨瞟去一眼，晃晃尖挺的双角，哞然一声怒嗥……高老辈他们一颤，后退几步。

青牯伫立片刻，又缓缓掉头，稳当当地走下码头。小木船轻飘飘仰卧在码头下。老艄公惊惶地跳起来瞅着青牯和它背上的小叶儿，长长地叹口气，摇摇头……

沉闷半晌，青牯猛然趸转身，沿着犬牙交错的河边小道无声无息地走去。高老辈一愣，急忙止着众人，叫过两个家人吩咐两句，就领着人马尾随青牯而去。

白茫茫的旷野一片肃穆，只有疲倦的柳河发出沉重的喘息，应和着青牯均匀有力的蹄步。在摇篮般的晃荡中，小叶儿清醒了。他恹恹地趴在青牯宽大炙热的背上，有气无力地问道：

关于小说

"啊，青牯儿……你要把我载到哪里？……啊……"

青牯停下步子四顾，然后把目光落在河那面的影影绰绰的山峰上。在那山峰之间，有片小小的绿地，浅浅的草，五颜六色的花，淙淙流淌的清泉，奇伟险峻的岩壁……无数个晨昏朝夕，它和他在那里散荡游玩，嬉闹追逐。那个绿色的世界曾给予它和他的童年以无比的轻松和快活……

青牯固执地朝前迈步，默默走向一座小木桥。过了那木桥，再转两个弯，就可以望见那片绿地了。

和少年朋友谈写作

# 明线与暗线

韩藜作品

在写作文学作品，特别是小说、童话和影视文学剧本时，作家们往往会遇上一些棘手而又不容回避的问题，比如人物如何出场，故事从哪儿切入，情节怎样铺排，细节选择哪些……其中有个很不好把握的问题就是叙述的"线索"问题。所谓"线索"，只是我的说法，在众多关于文学作品创作技法和创作理论的书籍宝典中或许没有这种提法。一篇作品，尤其是中长篇作品，往往人物一大群，故事一大堆，谁先谁后，谁主谁次，谁重谁轻，谁该多用笔墨谁该略略带过，先要做到心中有数，落笔时才能脉络清晰，层次分明。稍有不慎，叙写起来就会成一团乱麻，剪不断，理还乱，无法找出头绪。这种作品难以有个好收场，即便硬着头皮敷衍成篇，读者阅读起来也是一头雾水。

大多数作者在落笔创作之前，心里都有个"谱谱"，就是说打了个腹稿。如果是故事类文学作品，这个"谱谱"就应该是个故事梗概。"谱谱"一定要包含这几点：主要人物是谁，他身上有些什么故事；次要人物有哪些，他们身上要放哪些故事；主要人物与次要人物之间是什么关系，如何贯通、衔接；大小故事如何铺陈讲述……心里有了些底，写作起来才能得心应手。

人物多，关系复杂；故事多，互相关连。在叙述时就要分清主次，哪个先哪个后，哪个正面写哪个侧面写，这就需要有个技巧。在小说技法中，就有了明线暗线的说法，也有人称之为主线与副线。两

## 关于小说

条线或平行交叉，或重明轻暗，以人物引出人物，用故事引出故事。这样，人物形象更加丰满，故事更加精彩，作品主题也会随之深化。

鲁迅先生的小说《药》就采用明、暗两条线索进行叙述的。明线是华老栓的儿子小栓得了痨病，人们说此病吃了人血馒头就会好，所以老栓在衙门杀人那天清早，就拿着银洋去买用囚犯血染的馒头，拿回家给小栓吃了。暗线是革命者夏瑜被杀。为啥被杀，文中没有说，但读者明白。小栓吃了夏瑜血染的馒头最终还是死了。作者用明暗两线交叉叙写，脉络清楚而又紧密关联。坟场上，小栓的墓和夏瑜的墓错落地挨在一起，小栓的母亲和夏瑜的母亲同时出现，两条线粘合在一起，水乳交融，天衣无缝。

电视连续剧的叙述更离不开明、暗两线交错进行，有时甚至是三线平行。因为篇幅大、故事多、人物庞杂，不得不分两条线索或三条线索讲述，忽而是这个人物，忽而是那个人物；忽而是这个故事，忽而是那个故事。不过，无论是两条线索还是三条线索，也无论哪条线索讲得多些，哪条线索说得少些，人物性格的塑造和故事情节的发展都必须紧紧围绕作品的主题向前推进，直到结局。如同溪流汇入江河再归入大海，尽管其间有不少枝枝蔓蔓、回环反复。

我的中篇小说《私塾纪事》描述旧时私塾生活，主要人物是塾师邹先生和他的学生钟云、豁牙子与陈兴发。小说取材于我的一段童年生活。我曾经在小场上读过几年私学，教我的老师就是邹先生，也是我作品中邹先生的原型。我写这个小说是先有人物，其后才为人物找故事。作品中的大故事大情节都与实际生活中的邹先生毫无关系，都是为塑造作品中的邹先生特意编造的。

邹先生是我要着力塑造的一号人物，需要浓墨重彩地写，不仅用明线叙述，还把好故事大故事用到他身上。我采用先抑后扬的写法，先写对他的不喜欢,首先,"他的模样就叫人讨厌,使人害怕。瘦骨伶仃的个子,平板宽大的面孔,大鼻子两边星星点点地散布着几颗大麻子,一双眼睛总是一乜一乜的,那张扁扁的嘴巴老是紧闭着,像是从来就不说话、不笑似的。我常常心里疑惑,这邹先生教书,不知开不开腔呢。这些都还不说,更难看的,还是他后脑勺上那一大撮长长的花白的头发,走路的时候,颤颤巍巍、摇摇摆摆的,活像个马尾巴……"其次,是他的迂,他走路"步子缓慢得要命,真像是看一步走一步似的。他怕踩了蚂蚁和虫子。有一回,人家请他吃酒席,左等不来,右等没去。人家急得没法,只好去寻找他。找他的人在半路上碰见他,只见他呆在路中间迟疑不决、举步不前。原来,有一群黄蚂蚁正在搬运一只蟑螂的尸体,密密麻麻地一大片。他怕惊动和踩伤它们,硬是不动腿。结果,酒席没吃成,反被人们嘲笑了好久"。再就是他的狠,"邹先生打起学生来,又毒又狠。有一次,他把一个学生的门牙都敲掉了,直到现在,那学生还是个豁牙子……"。

邹先生的这些负面是"我"在进私塾之前道听途说的,但当"我"进学之后,便逐渐发现邹先生的可爱可亲之处。他虽然古板,却很爱护学生;虽然怪癖,却热心助人;虽然迂腐老迈,却嫉恶如仇,面对强权而不卑不亢……及至后来,邹先生竟成为"我"和同学们最尊敬最难忘并终生追随的人。

钟云是邹先生早年教过的学生,眼下是国军连长。他算不得作品的二号人物,却是一个重要角色。他是暗线或者说是副线上的一个关键人物。作品对他着墨不多,但每个情节都与主线相连,关系着副线的演绎,起着塑造人物的至关紧要的作用。钟云的出场只是一个伏笔,而且是在作品的前半部分。"我们在走廊上碰见了官学堂的陈校长……二十多年前,邹先生在省城教私馆时,陈校长就在他门下读书。当时，陈校长和另一个姓钟的学生还是邹先生颇为得意的弟子。后来，邹先生辞馆走了，这陈校长也就进了省里的公费学堂。几年前，他从外面回来了，先是教书，后来不知怎么做到了校长。我这是听妈妈讲的。邹先生偶尔提到过的只是那个姓钟的，说他是个有为的青年，对陈校长却一个字儿也没有提起过。"这段文字中，写钟云的也只有几十个字，却十分重要。到作品的后半部分钟云亮相，也仅仅算一个小镜头。"过了小石拱桥，我们就撞见了陈兴发。他身后跟着一个穿黄哔叽衣服、挂盒子炮的军官，悠悠闲闲地溜达着。看见我们扛着米，屁股后头跟着一串娃娃，脸上便露出了狐疑的神色。"此后不久，才通过一个学生的口，点出钟云及他来小镇的目的。"那天跟在陈兴发背后的军官，就是县里派来接壮丁的，还说他是陈兴发的远房表叔。咦，那军官在那一日就问过邹先生，莫非他们真的打了邹先生的主意？是邹先生写状子、送米得罪了他们？"几句话点到为止，并没有触及钟云神秘的身份。

几经铺垫，水到渠成，钟云这才粉墨登场。我为他们师生重逢设计出一个重大情节：枪杀白鹤事件，用细腻、凝重的笔触描述二人相逢场面和情感变化。在这个小故事中，钟云的笔墨多了些，但同邹先生相比仍处于次要位置。为进一步描写邹先生的刚直正义，同时加深钟云身上的神秘色彩，我特意安排一个师生间误会的小小故事：陈乡长抓了豁牙子的憨幺叔等人的壮丁，邹先生去乡公所找钟云，质问他为啥要抓壮丁，害这些无辜的人，良心丢到哪儿去了？钟云正和陈校长喝酒，就一副公事公办的模样，劝邹先生别去谈论它。邹先生大怒，偏要他说个究竟，僵持了很久之后，钟云翻了脸，说什么自己重任在身，先生应晓事一点儿，不然，休怪他无理……气得邹先生浑身乱颤，老泪纵横，伸手抓过桌上的酒杯，就向钟云打去……

至此，钟云的形象和身份仍很模糊。直到壮丁们被押解上路，钟云又一次露脸。陈乡长的儿子抢了豁牙子的两块银元，憨幺叔奔过来打陈兴发，陈乡长带人来抓憨幺叔，这时"钟连长几步走上去，劈手夺过陈兴发手里的钱包，往豁牙子脚下一丢，高声喝道：'你——还不快滚！'"然后一声令下，士兵们押解壮丁跑去了。陈乡长和团丁们扑了空。寥寥几笔，钟云的形象又是一个拐点。

接下去，钟连长机智地放跑了憨幺叔等壮丁，又责打了押解的兵士，后来悄悄接走了邹先生，安置了憨幺叔和豁牙子，这些事都没有进行正面描写，而是通过乡邻和"我"的口转述出来，着墨不多，但不可缺失。这样，明暗两线叙述才算到达终点，并水乳般融合在一起。到此，小说结束，"过了两年，我母亲去世了，我卖了那一小块田土，安葬了母亲，揣了点儿路费，在一个月明星稀的晚上，悄悄地走上了这条乡间小道，找我敬爱的邹先生，找我亲密的同学豁牙子去了"。

至于钟云到底是什么人，读者顺着暗线理下去，每个读者都会明白。

下面为枪杀白鹤事件中的一部分情节：

小个子兵成了俘虏，在我们二十几个人的包围和监视下，乖乖地站在楠木树下，捧着死白鹤，一副可怜相。只要他稍微不老实，大伙儿就是一阵拳脚口水。

不一会儿，学馆外响起一阵突突突的脚步声。有人在粗鲁地叫骂。小个子兵一听，有了神气，得意扬扬地昂起了三分头。紧接着，有几个兵从墙缺口跳进来，叱骂着，捋袖挽拳，端枪持刀，向我们围过来。我们哪里见过这个阵势，骇得妈呀爹呀一阵惊叫，纷纷朝学房里跑。

"别跑——有我哩！"

这时的邹先生完全变成了另外一个人，再不是那个连走路也怕踩了蚂蚁的老夫子了，也不是那个文绉绉的迂腐古板的老头儿了。他像一只维护儿女的抱鸡母，怒吼一声，抓起签板就迎了上去，大喝道："别乱来！——孔圣人在此！"

那些当兵的一愣，随即潮水般地拥过来，团团围住了他。

豁牙子冲我歪嘴，一溜烟跑了。

那个刚才溜走了的兵走上两步，瞪着邹先生，大吼道："就是这个马屁股，打了我们兄弟！"他说着就要动武。忽听后面一声喊："住手！"话音刚落，从墙缺口跳进一个人来。我一看，就是那天跟在陈兴发背后的那个军官。

当兵的见了他，便垂首侍立着。捧着白鹤的小个子兵可怜巴巴地叫道："钟连长，你要替兄弟做主啊！"

被叫做钟连长的军官一摆手，当兵的让开了道。他直直地向邹先生走去。

邹先生早把生死置之度外了。他握着那条不满四尺的薄薄的签板，满脸铁青，眼睛冒火，一言不发，虎视着面前那一群持刀弄枪的莽汉。只要有人敢动手，他不拼老命才怪呢。望着邹先生那凛然不可侵犯的模样，我身上忽然涌出一股不可遏制的力量，奋臂一挥，喊道："走啊，帮先生去！"呼啦啦一阵响动，同学们拥出学房，紧贴在邹先生的背后怒气冲冲地对视着那些兵。

那连长板着面孔，边走边取下手上的白手套儿。忽然间，他脚步僵住了，脸色一阵不安，就像骤然间招风着凉了一般。

小个子兵突然扔掉死白鹤，气势汹汹地闯到先生面前，阴阳怪气地骂道:"娘的!你这个马屁股!"随即飞出拳头,往邹先生面门上打来。那连长喝了声"不准胡来",胳臂往上一抬,硌得小个子兵啊哟一声哀叫,缩回了拳头,愣在一旁歪嘴呻唤。我心里一阵高兴,又一阵奇怪。

"你是邹先生?"那连长放低声音问道。

邹先生气呼呼地说了两个字:"就是。"

"你就是邹崇斋老先生?"连长的态度是恭敬的,"在省城办过私馆?"

又是硬邦邦的一句:"不错。"

这连长也真怪,为啥问起那些陈谷子烂芝麻的事儿来?我正疑惑,忽然,他转过身,喝道:"向后转——!跑步!——树下集合!"

那些当兵的听得口令,飞也似的去了,排成了一个横列。连长提过那只死白鹤。扔到小个子兵的脚下,问道:"是你打的?"

小个子兵点点头。

连长又问:"是在这学馆的树上?"

小个子兵发会儿怔,应了个"是"。

连长冷笑一声说:"你的枪法蛮不错哇!"突然又厉声喝道:"出列!"小个子兵畏畏缩缩地挪出两步,站得笔直。连长气呼呼地讲了几句话,我们听得不很懂,大概是说他"冒渎圣人""惊扰学童""伤害灵物"之类,说完就叫传令兵执行军纪。

小个子兵叫声连长,两腿一软,扑通一声跪在地上,伸出手掌,被那传令兵结结实实地打了二十个手心。然后,连长又责令他到邹先生面前来赔情道歉。小个子兵惶恐不安地向邹先生扑爬礼拜,大叫先生高抬贵手。邹先生一声长叹,丢了签板,挥手叫他回去了。

"立正——!向右——转!跑步——走!"

连长发出一系列口令,那些当兵的从我们面前匆匆跑过,跳过墙缺不见了。

这实在是天大的怪事,我们被弄糊涂了,邹先生也莫名其妙起来。他用手抹抹眼睛,凝视着向他走过来的年轻英俊的军官。忽然,他嘴唇一阵哆嗦,激动地连跨几步……那连长飞跑上前,一把搂住了先生。

"先生!"

"钟云!"

哦!这连长是邹先生的学生,是邹先生在省城教过的那个钟云!

## 附录：韩蓁作品《我和女儿，还有一只小狗》

### 我和女儿，还有一只小狗

女儿丹丹要到城里念初中了。我送她到村口。她走了两步，又扭过头来，望着我，欲言又止。我急忙走上去。她却紧抿嘴巴，转身走了……走了几步，又迟迟疑疑地踅了回来……

我猜出了她要说什么，就紧走两步对她说："放心地去吧，丹丹！这回呀，爸爸不叫你伤心了……"

她淡淡地一笑，是信任和谅解？还是怀疑与失望？我说不清楚，只觉得心中一阵怅然。

一

两年前，我从城里带回一条狗，那是姐姐要我带回农村喂养的。城里不准喂狗了，要限时消灭。这条狗，生下来大概只有四五个月，矮矮的个头儿，圆滚滚的身子，浑身的毛银丝一样地白。颈脖上拴了条细细的铁链子，走起路来，叮叮当当的，很有节奏感。

它走路很不老实，东闻闻，西嗅嗅，不是扑蝴蝶，拉得我上气不接下气地跟着跑；就是追鸡鸭，吓得它们咯咯呷呷地四下里飞窜……真淘气，活像我那女儿小丹丹。

一到家，丹丹就迷上了小白狗。

"爸爸，这小狗儿有名字吗？"

农村喂狗，不像城里人那么讲究，非得要起个漂亮的名字不可。花的叫花狗，黑的叫黑狗，黄的叫黄狗……我就说："狗娃有啥名字？就叫白狗好了。"

"嗯，就不！"丹丹摇摇头，"不好听，不好听。"她想了想："叫，叫小白云吧——它就像一团白色的云彩。"

小白云就小白云嘛！这丹丹……但接下去，麻烦事儿就更多了。

"爸爸，小白云在哪儿睡觉呢？还有，它的床？"

"床？！找个破筛子，垫几根稻草……"

"嗯，就不！"丹丹又连连摇头。我只得找出个小箱盖。丹丹搬来十几块砖，呼哧呼哧地累了小半天，给小白云砌了一个小小巧巧的窝。

这孩子，真好笑，索性不理她可麻烦也接踵而至。

"爸爸，小白云的饭碗呢？"

"什么饭碗呀？找个烂盆子，将就用吧。"

"嗯，就不。"丹丹的头摇得像拨浪鼓，忽然笑笑说，"用我的小瓷碗。"

"乱说。"我忍不住有些火了，连忙止着她，那小瓷碗还大半新旧，是丹丹中午在学校搭伙时打菜用的，"随便找个什么……"

然而，当天晚上，小白云在我家就头餐时，餐具竟是丹丹的小瓷碗，外搭一个光光亮亮的小盘子盛菜汤。小丹丹第二天上学带的菜碗却是她去年嫌旧扔到碗橱下的那只粗瓷碗儿。

## 二

小白云是我们家的，但它又只属于丹丹个人。

我也喜欢小猫、小狗、小兔之类的。我之所以从百里以外把小白云带回来，不仅是可怜它的小生命，更主要的还是喜欢它。可是，我逐渐感觉到，它对我并不是那么有感情，甚至有着隔膜。它对我是敬而远之，或者是畏惧害怕……我没有吓唬过它，更没有踢打过它，只是有那么两次，我从外面回来，它高兴得发了狂，带着铁链欢蹦乱跳地扑上来，用两只前爪紧紧抱着我的腿，使劲摇晃，还用尖尖的牙齿衔我裤腿……裤子被它弄脏了不说，还把涤丝质地的布料给拉发毛了……气得我喝声"滚"，猛地甩开了它……连着两次之后，它见了我，虽然也显出热乎的神态，但不再动脚动爪的了。只要我稍一扬手，它就会夹尾缩肩地钻进窝里。

可是，小白云对丹丹就不同了。只要走廊上的铁链叮当作响，小白云欢快地蹦跳，嘴里发出呜呜的声响，那就一定是丹丹放学回来了。接着，就是一声甜脆热情的问好：

"小白云同志，你好！"

小白云疯傻起来，扑过去，抱着丹丹的腿摇呀晃的，还呲开嘴，衔她那裤管，用舌头舔她的手，依偎在她腿下撒娇放赖。

"小白云，这上午，你闷得慌吧？"

"呜呜，呜呜……"

"慌慌？慌慌？明天，把你牵到树下，那里，有花、有蝴蝶……好不？"

"呜呜，呜呜……"

这谈话有时要持续好几分钟。我怕丹丹耽误时间，影响学习，便连忙喊声"丹丹"。丹丹才爱抚地拍拍小白云的头，怪亲昵地说道："瞧，爸爸又怪我们啦。拜拜！"丹丹边说边握握小白云抬起的前爪。小白云呜呜两声，有些恋恋地回到窝里，趴着，一双清汪汪的大眼睛直直地注视着丹丹。直到她跨过门槛，进了里屋。

有一回，丹丹妈的饭煮得少了点儿，等大家吃了，才发现没有小白云的。丹丹急得要哭。我说，不碍事儿的，狗嘛，三五顿不吃，也饿不死……丹丹的泪花儿扑簌簌地滚落下来。我还想说几句什么，丹丹妈就忙推我说："算啦，算啦，忙你的去吧。丹丹，我们给小白云做饭去。"丹丹这才破涕为笑了。

我躲到屋后翻了两页书，就听丹丹嘀嘀咕咕地跟小白云谈话："……小白云，委屈你啦，等会儿就吃。妈妈特地儿做的，可香可香哩！噢，别理爸爸的，是爸爸不对……坚持，再坚持一会儿，就开餐啰……来，先吃一颗糖，酥心的……"

这丹丹简直着了魔，她把小白云完完全全当成了一个充满灵性和感情的人哪！

这样下去，她的学习……我真后悔，不该把这条小白狗带回家里。

## 三

小白云咬死了一只老鼠，我和丹丹妈称赞了它几句。丹丹兴奋得像是自个儿得了表扬，亲昵一会儿小白云，又逼着妈妈做肉丸子汤。这种汤她平时是不爱吃的，一瞅着漂浮在油水面上的肉丸子，就皱眉撇嘴。这会儿是怎么的了？到吃饭时，我才明白了她的意图。她把那碗吃不上两颗的肉丸汤，全拨拉给小白云了。

"小白云同志，吃吧……我们奖励你的，你得的奖呀，吃吧……"

我有些心痛，说那是浪费，早知这样，无论如何也不叫做。丹丹的脸色突然难看起来，嘴唇也有些哆嗦。她放下碗筷，扭身进到房间，抱出存钱罐，默默地放在我的面前，扭过头就走……

这孩子，也太任性了！我跟了上去，想好好同她谈谈，叫她把心思都集中到学习上，不要迷恋小白云，不要贪玩……但是，我没能说话。

丹丹在小白云住窝的板壁上，用彩色粉笔画了个长框，加了花边，里面写着：

奖　状

奖给小白云同志，你抓老鼠立了大功劳！！！

妈妈、丹丹

丹丹见了我，默默地低下头，眼角上挂着两颗晶莹的泪花。为了安慰她，也为了打破僵局，我逗趣地笑着说："为啥不把爸爸也写上呀，我可是表扬了小白云的哟……"

"言行不一！"她轻声吐出几个字，倔强的嘴角露出一丝不屑的神情，噎得我好半天开不了腔。

丹丹越来越离不开小白云了。每次做家庭作业，总要把小白云牵在身边，一边做题，一边抚弄它。它乖巧地蜷伏在小主人脚下，用细嫩的舌头舔她的脚。有时，丹丹还要牵着它，到塘坎沟边逛逛转转，撒欢几圈。我怕妨碍她的学习，多次告诫她，做作业时不能让小白云在身边。她却不以为然，说："嗯，没啥呐，小白云影响不了我。它不在，我心里还觉得空落落的哩！放心，爸爸。"

谁放心得下？我突击检查了丹丹一次。应该承认，丹丹的作业是做得不错的。但我终于找出了毛病，一个小数点忘了打。我就抓着了这一点，趁势说："瞧嘛，你还嘴硬呢！不影响，不影响……这是咋的？"说着，我就去牵小白云。它却一个劲直往桌子下钻，硬不离开，恨得我踢了它一脚。它也许自知理亏，一丁点儿都没有作响，浑身哆嗦着，紧紧地依偎在小主人脚下，寻求庇护。

"不关它的事，不关它的事！是我粗心！！是我粗心！！！"丹丹急得涨红了脸，大声地对我嚷着，"爸爸，爸爸，你踢我吧，你踢我吧……"

这在丹丹这里还是第一次，我一愣，转身走了。

"小白云，乖，别怕，别怕，——爸爸坏，别理他……"

真叫人啼笑皆非。

当天晚上，我和丹丹妈商量，打算把小白云送人或是撵它出去。丹丹妈十分疑虑，担心丹丹会伤心的。我没好声气地说："误了学习，才叫人伤心呢！"

## 四

不过，我冷静下来一思索，丹丹妈的担心是有道理的，我又有些踌躇了……但到了第三天，我毅然下了决心。促成我下这决心的，是丹丹自己——她接连两天把小白云带到了学校。

这事，我事先不知道，是丹丹的班主任廖老师特意来家告诉我的，并提醒我，不能让孩子玩物丧志。听她说，这次期中考试，丹丹的成绩不够理想，从前三名，掉到了第五名……

我浑身直冒冷汗。

晚饭后，我们郑重其事地开了个家务会，讨论小白云的问题，会议气氛又严肃又民主。

"丹丹，你把小白云带到学校去了？"

"是的，爸爸。"

"你怎么能这么做呢？那不仅会影响你，还会妨碍别的同学。"

"才不哩！爸爸。小白云很乖。上课时，我叫它到厕所那面的槐树下趴着等我。它很老实。真的，不哄你，它一点儿也不乱跑。你不信，问廖老师，问同学们去……噢，有两节课，廖老师压了堂，下课铃响过好久了，她又拖了好多时间……小白云才慢悠悠地走到教室门口，等着我下课……"

丹丹没有说谎，同廖老师谈的一样。

"不影响也不行，同学们……"

"同学们很喜欢小白云呐！小白云也不吓唬他们。真的，爸爸。它很懂事，很听话……"

我定定地审视着丹丹的目光。那目光又焦急又充满了希望。

"小白云在家不好吗？"

"嗯，不嘛，"小丹丹摇摇头，固执地说，"就——不好。"

"为啥呢？"

"爸爸，你不是说要把小白云撵出去，要把小白云送人？"

哦，她怎么知道的？我瞅了瞅丹丹妈。丹丹忙说："爸爸，我偷听了你和妈妈的话……你原谅我吧。"丹丹很坦率。

"我不带它上学校去了！你也不要撵它，不把它送人……它好懂事！听话，还可怜。爸爸，我们拉勾吧！"

家务会之后，丹丹这句话一直萦回在我的脑际。

但是，我思考再三，还是趁丹丹上学之后，解去了小白云颈脖上的锁链，把它牵到门外，关上了院门……我希望它就此不要回来。

谁知道，不到一顿饭的工夫，我就发现小白云躺在窝里，恹恹巴巴，有气无力的，嘴角上浸出了稠稠的涎水……我的心猛地

一沉。丹丹妈瞪着惊惶的眼睛,喊出了我心里没有喊出的话:

"呀!小白云吃了死耗子?!"

这两年,耗子翻天,卖耗子药的成灾。他们倒是药死了一些耗子,但也同时毒死了多少猫狗鸡鸭……为了防备这些动物中毒,于是,猫上绳子,狗带锁链,鸡鸭关了笼子……小白云被拴了好久好久,一放……它准是在哪里衔上了死耗子……

"咋办?"

"它可能是衔了衔,说不定只是舔了舔血哩。"

"你有把握?不要紧的?"

我微微摇摇头,叹了口气,轻声说道:"不要对丹丹说……"

## 五

医生看了小白云的症状,说是舔了死耗子的血中毒的,无法解救,重的当场死亡,轻一点儿的最多也只能活上一两天。我急了,这才觉出事情的严重性。我央求医生想想法子,无论出多少钱都可以,但不能让小白云死掉。

医生为难了,只答应试试看。

丹丹回来了,人还没进门,声音就飞进了院子:"小白云……"

突然间,传来她惊讶的带着哭腔的喊叫:"啊!小白云,你,你……咋啦?!"

我连忙走上去,告诉她小白云病了,才请医生看了的。小白云咧咧嘴,呜呜两声,硬撑着站了起来,打了两个偏儿,艰难地抬起前腿,丹丹一下子握着,"吃药了没有?",两颗泪花滚下来。小白云无力地倒在窝里,眼眶湿乎乎的。

过了一夜，小白云的精神似乎好了些。丹丹上学去之后，它老是朝外走。我以为它是望丹丹吧。可是丹丹放学回来，它仍是向外走，向外走……我心里一阵慌乱。我知道，毒性已窜进它的心脏，它心里发慌啊！它沿着塘坎沟边走，后来就是跑，发疯似地跑……

我们惊呆了！小白云倒在沟坎上，呼呼气喘。我唤它，不动；丹丹妈牵它，不走。还是亏了丹丹，她走到小白云跟前，轻声呼唤它，用小棍儿拨去它唇边浓稠的白沫。小白云慢慢地睁开眼睛，慢慢地站起来，慢慢地跟着丹丹走回院子。丹丹妈赶忙端来绿豆稀饭，小白云闻了闻，走到旁边去。我掏出药粉，凑近前，它连嗅也不嗅，厌恶地转过身子……

停了片刻，小白云又偏偏倒倒地向门外走去。

"小白云，你上哪儿去呀？"丹丹呼唤着它，它打个偏儿站住了，"回来呀，小白云。"它缓慢地挪到丹丹面前。丹丹爱怜地摩挲着它的头颈，它舔舔丹丹的手，两股战战，又要朝外走，我知道它自知不行了，它要走出院子，找个偏僻的角落……就此不再回来。这，丹丹并不知道。她上去拍拍它，指指东墙的那个被雨水淋垮的豁口，吩咐说："去吧，小白云，上那儿去，守着。我们星期天修……"

小白云那双有些昏浊的目光，直直地盯着她。丹丹笑着，补充了一句："去呀，这是你的任务啊！"它凝神望了丹丹一阵，默默地走过去，趴在墙缺上，甩甩尾巴，昂起头，向着院子外，顿时显得虎虎有生气了。

一天过去了，小白云没吃一点儿药。

两天过去了，小白云没进半勺食。

三天过去了，小白云仍趴在那儿，毛皮露得湿漉漉的。丹端去饭食和药液,小白云只闻了闻,就伸出乌黑的舌头去舔丹丹的手。舔几下,喘几声。丹丹蹲下身子,轻轻用手梳理着它那越来越粗糙散乱的毛发,喃喃地嘱咐它说:"……守好,我们明天修墙。"

其实,这墙缺是个老豁口了,修不修都无所谓。但为了安慰丹丹,我和丹丹妈都参加了修墙。我砌砖,丹丹妈拌泥灰,丹丹运送材料。丹丹边干边和小白云闲话:"……小白云,墙修好了,你的病也好了。我领你去扑蝴蝶,你去不去呀?"小白云呜呜两声,算是回答。

忙乎了两三个钟头,墙修好了。我们松了一口气。丹丹兴奋地搓着手,喊着:"小白云,小白云,快看哪,墙修好啦!——你的任务完成啦!"边说边伸手去握小白云颤抖的前爪,握着,握着,丹丹忽然发出一声撕裂人心的惊叫:

"小白云,小白云,你……怎么啦?!"

小白云圆瞪着两眼,呆呆地凝视着丹丹,浑浊的眼眶里滚出两颗硕大的泪珠,喉咙里咕噜一声,浑身一哆嗦,陡然断了气……

医生来了,叹了一口气说:"想不到,这条白狗,中的毒不轻,居然活了七天——不吃不喝的七天哪!奇迹呵,奇迹!……"

## 六

丹丹终于知道了小白云的死因,她病了。

我悄悄把小白云的尸体扔到了二里以外的小山沟,为的是不叫丹丹睹物伤情,影响学习。我观察一天,丹丹平静多了,但显然同我有了更深的隔膜。她沉默多了,失去了笑声,也失去了那欢蹦乱跳的身影，她像忽然长大了十岁、二十岁！我伤了她的心，她有理由生我的气。我想，小孩子嘛，哪能那么认真呢，过几天，也就会好了。我出差去了。

半月后，我出差回来。丹丹依旧沉默寡言，对我敬而远之。我也无可奈何。我提起锄头，想去挖菜地解闷，可走几步，就突然愣住了——

就在那个修补好了的墙缺下，冒出一个小的坟堆，新垒的土，新栽的松，坟头上插着一串小白花。这！这是？我忙喊丹丹妈。丹丹妈出来，见我握着锄头，站在小坟包前，以为我要挖坟，便飞也似地跑过来，抓过锄头，气急败坏地说："这一回，你无论如何，就依了丹丹的心吧……"

我忙问，究竟是咋回事。

丹丹妈告诉我，就在我出差的那个晚上，还在发烧的丹丹不见了。丹丹妈急得四处寻找，好容易才在一里以外的山路上找到了丹丹。她只身一人，气喘吁吁，扛着小白云的尸体，一寸一寸地往回挪……天黑。雨密。路窄。地滑。丹丹浑身水淋湿透，是雨？是汗？还是泪？

我一阵愕然。

但我无法理解丹丹，这个平时天一黑就怕出院子的小姑娘，为什么会在一个风雨交加的夜晚，只身去草深林密的小山沟，而且又是去搬回那一具尸首……她哪来的这种胆量和力气？

不！这岂只是一股子胆量和力气！

起风了，小白花飘飘摇摇。我轻手轻脚地退回来。我怕惊醒了酣睡的小白云，更怕骚扰了小女儿圣洁的心。

此后，我每每发现，那小坟头上的花束不停地变换着，纸扎的、塑料的、野生的，红的、白的、五彩的……

## 关于小说

丹丹的成绩又有新的飞跃。廖老师欣喜地告诉我,丹丹从第五名跃居到第二名,尔后,又跃到第一名,而且此后一直名列前茅……

但我再也高兴不起来,看着丹丹来去匆匆,沉闷寡欢的样子,我就感到愧悔和不安。我怀疑丹丹先前的成绩往下跌,究竟是小白云妨碍了她,还是因为我的自私和刻薄?我所需要的东西算是得到了,可是,丹丹呢?小白云呢?那一百分、两百分能换回丹丹失去的欢笑吗?那第一名,第二名能赎回小白云那幼小可怜的生命吗?!

望着丹丹远去的背影,我心上一阵内疚和惭愧。你放心地上学去吧,丹丹,我一定不再使你失望。

和少年朋友谈写作

图书在版编目（CIP）数据

笔下生花：和少年朋友谈写作 / 韩蓁著. ——成都：四川少年儿童出版社，2023.10
ISBN 978-7-5728-1267-5

Ⅰ.①笔… Ⅱ.①韩… Ⅲ.①文学写作学－青少年读物 Ⅳ.①I04-49

中国国家版本馆CIP数据核字(2023)第182015号

| 出版人 | 常青 |
|---|---|
| 图书策划 | 黄政 |
| 责任编辑 | 黄政 |
| 封面设计 | 刘亮 |
| 封面题字 | 徐建 |
| 插图 | 李蓉 |
| 责任校对 | 张舒平 |
| 责任印制 | 李欣 |

BIXIA SHENGHUA HE SHAONIAN PENGYOU TAN XIEZUO

## 笔下生花
**和少年朋友谈写作**　　　　　韩蓁 著

| 出版 | 四川少年儿童出版社 |
|---|---|
| 地址 | 成都市锦江区三色路238号 |
| 网址 | http://www.sccph.com.cn |
| 网店 | http://scsnetcbs.tmall.com |
| 经销 | 新华书店 |
| 排版 | 喜唐平面设计工作室 |
| 印刷 | 四川省东和印务有限责任公司 |
| 成品尺寸 | 240mm×170mm |
| 开本 | 16 |
| 印张 | 10.5 |
| 字数 | 210千 |
| 版次 | 2023年11月第1版 |
| 印次 | 2023年11月第1次印刷 |
| 书号 | ISBN 978-7-5728-1267-5 |
| 定价 | 48.00元 |

版权所有，翻印必究；未经许可，不得转载